内米洛夫斯基作品集

秋之蝇

库里洛夫事件

Les Mouches
D'automne

［法］伊莱娜·内米洛夫斯基 著　　L'affaire
黄荭　张璐 译　　　　　　　　Courilof

人民文学出版社
PEOPLE'S LITERATURE PUBLISHING HOUSE

图书在版编目(CIP)数据

秋之蝇 库里洛夫事件/(法)伊莱娜·内米洛夫斯基著；
黄荭，张璐译.—北京：人民文学出版社，2018
（内米洛夫斯基作品集）
ISBN 978-7-02-014205-7

Ⅰ.①秋… Ⅱ.①伊… ②黄… ③张… Ⅲ.①中篇小说-小说集-法国-现代 Ⅳ.①I565.45

中国版本图书馆CIP数据核字(2018)第086169号

责任编辑	甘　慧　何炜宏　郁梦非
装帧设计	钱　珺

出版发行	人民文学出版社
社　　址	北京市朝内大街166号
邮政编码	100705
网　　址	http://www.rw-cn.com
印　　刷	山东德州新华印务有限责任公司
经　　销	全国新华书店等
字　　数	144千字
开　　本	787×1092毫米　1/32
印　　张	6.625
插　　页	2
版　　次	2008年11月北京第1版
印　　次	2018年9月第1次印刷
书　　号	978-7-02-014205-7
定　　价	35.00元

如有印装质量问题，请与本社图书销售中心调换。电话：010-65233595

目录

白夜（代译序）001
.... 张　璐

秋之蝇 001
.... 黄　荭 译

库里洛夫事件 055
.... 张　璐 译

白夜（代译序）

张　璐

战争、革命、死亡、牢狱、流放、无边的梦境……

二十世纪初的俄国，正是这样一个永远得不到安宁的地方。第一次世界大战激化了各种社会矛盾，让原本就满目疮痍的俄国雪上加霜，沙皇的专制终于走到了尽头，俄国革命爆发了。年幼的伊莱娜·内米洛夫斯基经历了动乱年代，在俄国革命之后开始不断地逃亡，最终在法国安定下来。就是在颠沛流离之后，有了《秋之蝇》和《库里洛夫事件》这两部小说。

《秋之蝇》出版于一九三一年，是以作者伊莱娜·内米洛夫斯基的亲身经历写就的。塔季扬娜·伊万诺夫娜，一名忠诚的仆人，为卡林纳一家几代人奉献一生：作为奶妈，养大了几个孩子；俄国革命期间，先是为卡林纳家看家，又埋葬了在自己面前惨遭杀害的卡林纳家的儿子尤里；她不远万里，步行给主人送去了缝在裙子里的珠宝。卡林纳一家最终在巴黎定居下来，塔季扬娜·伊万诺夫娜也走到了生命的尽头。她不断地回忆过去，回想着"我们那个年代……"回忆，又何尝不是对现实的补偿，麻痹自己的方法。然而，人的无力，就如秋天的蝇虫，无法抵抗日渐逼近的严寒，只是做着临死前的挣扎。

法文版序言中写道："战争、革命、流亡把小说分成了很多章节。然而痛苦只是一幅朦胧的背景。不过是废弃的宫殿，隐约可以听见炮声的荒凉乡野，不过是照亮了流亡者挤在敖德萨那个悲惨房间的大火，人们丝毫无法猜到外面的动荡。伊莱娜·内米洛夫斯基致力于描写悲剧最隐秘的面容，我们只有通过灾难在少数幸存者灵魂的回响，才能隐约看到一个正在倾覆的世界的悲剧。这些被历史抛弃的人的惶恐，失却的卡里诺夫卡平静的岁月浮上心头勾起的些许怀旧之情，都在轻柔的笔触、不着痕迹的渲染中极其巧妙地被描绘出来。《秋之蝇》非常简短，语言平实，却着实在一口气读完的笔者心中留下了一抹淡淡的伤痕。

《库里洛夫事件》出版于一九三三年。小说从主人公莱昂·M 留下的自传展开，为我们呈现出俄国革命不同以往的图景：俄国革命党人莱昂·M 接受革命委员会的任务，必须在民众和外国要人面前以恐怖袭击的形式处决国民教育大臣库里洛夫。被称为"残忍贪婪的抹香鲸"的国民教育大臣自然是革命者痛恨的对象，而且此时又发生了大学生在学校闹事遭军队枪杀的事件，于是，莱昂·M 更加坚定了处决库里洛夫的决心。他作为家庭医生成功地进入了大臣的宅邸，甚至在治疗和交谈中逐渐成为大臣中意的"伙伴"。他冷静地望着患有肝癌的大臣坚强地与痛苦抗争，大胆地在花园里尾随大臣，偷听大臣与亲王、男爵的谈话，看着大臣和再婚的妻子——一名年老色衰的法国女演员相依为命、互诉衷情。渐渐地，莱昂·M 心中的仇恨开始化解，取而代之的是对库里洛夫的怜悯和无奈……

就像自传里写的一样，作为革命者的后代，莱昂·M "生来就属于党……"然而，不同于其他年轻革命者，他没有革命的雄心壮志，缺乏革命的激情，单纯认为社会主义革命在所难免。在执行"库里洛夫事件"中，他才真正开始思考，开始寻求袭击、屠杀行为的正当理由：为什么要革命？为什么必须杀掉库里洛夫？一个库里洛夫倒下了，可能还会有更加残暴的大臣夺取这个职位。在与俄国皇室、贵族、政要的接触中，他找到了答案：这一切都是徒劳无谓的挣扎。

在库里洛夫身上，莱昂·M看到了人性的软弱和虚荣。"残忍贪婪的抹香鲸"库里洛夫是专制统治的实施者，也是政治的殉葬者。他只是凡夫俗子，信奉上帝，妄图上帝宽恕他的种种错误。对权力的渴求导致了他的悲剧：为了换回职位，他甚至牺牲了女儿的婚姻。"权力，是压迫在人类命运上的幻影，像烟酒一样容易上瘾，有百害而无一利。"被权力所禁锢，这才是悲剧。再者，真正有魄力有胆识的君王，史上能有几人？"掌握大权的都是些脆弱的生灵。"这样的统治阶层，懦弱、无能，只能将民众带向无尽的黑暗。革命真的是黑暗中的一线光明吗？在牺牲了无数生命，经历了血雨腥风之后，莱昂·M明白了："革命，就是一场杀戮！……其实，没有什么是值得换取的，重要的只有生命。"

伊莱娜·内米洛夫斯基不属于保皇或革命的任何一个阵营。小说中没有英雄，也没有十恶不赦的坏人，有的只是渺小无助的百姓，被信仰冲昏了头脑的棋子。也许亲王的话能够给我们最完整的概括："人人都有弱点，人性是难以捉摸的东西。我们甚至不能肯定地说一个人是好是坏，是愚是智。好人在一生中也有过残酷的言行，坏人自然也做过善事；智者千虑，必有一失，愚者行事，也未尝不会有明智之举！正是因为如此，生活才丰富多彩，难以预料……"

伊莱娜·内米洛夫斯基的小说极具莫泊桑小说的风范，成熟凝练。《库里洛夫事件》文字简单而细腻，对人物的刻画细致突出，人物性格、人物语言把握准确。她的小说中，平静的语言风格没有大起大落，却隐藏着深深的悲凉，犹如圣彼得堡附近特有的白夜一般，天空挂着不落的太阳，却如黑夜一般压抑，灰暗的文字，令人窒息。

作为生活在上世纪初叶的俄国人、犹太人，伊莱娜·内米洛夫斯基的一生经历了革命、流亡、战争、对犹太人的迫害。和所有在激荡的历史河流中挣扎的人一样，她就像水面的浮萍，在暴风的间隙当中，优雅地漂浮在水面上；在雷声的轰鸣中，却又被打散、撕裂、消逝无踪。她的小说像镜子般折射着她短暂又充满起伏的一生。银行家家庭的出身、优越的生活、良好的教育让她的文字清淡而优雅。但在这份淡雅之下，却埋藏着那个激荡年代的惶恐不安、她对那个时代的疑问和无奈以及对人的深深的同情和怜悯。

秋之蝇

一

她点点头，用从前的口吻说：

"好吧，再见，尤罗奇卡……当心你自个儿的身体，我亲爱的。"

日子过得多快呵……儿时，当他秋天离家去莫斯科中学读书，就是这样过来和她告别的，就在这个房间。有十年、十二年了罢……

她看着他的军官制服，带着一点诧异、一丝忧郁的骄傲。

"啊，尤罗奇卡，我的小乖乖，我感觉仿佛才是昨天……"

她沉默了，做了一个慵懒的手势。她在卡林纳家已经待了五十一年了。她曾是尤里[①]的父亲尼古拉·亚历山德罗维奇的奶妈，此后她又带过他的弟弟妹妹、他的子女……她还记得亚历山大·基里洛维奇一八八七年死于土耳其战争，那已经是三十九年前的事了……现在，轮到下一辈基里尔、尤里他们奔赴战场了……

她叹了口气，在尤里的额头划了一个十字。

"去吧，上帝保佑你，我亲爱的。"

"是的，我的老嬷嬷……"

他笑了，带着嘲讽和听话的表情。他长了一张农夫的脸，粗犷而朝气蓬勃，不像卡林纳家的其他人。他把老妇人硬得像树皮、几乎发黑的小手握在自己手中，想把它们送到唇上。

---

① 即尤罗奇卡，在俄语中尤罗奇卡是尤里的爱称。

她脸一红,赶紧把手抽了回来。

"你疯了?我又不是年轻漂亮的小姐。走吧,尤罗奇卡,现在下楼吧……他们还在下面跳舞呢。"

"再见,奶妈塔季扬娜·伊万诺夫娜,"他拖长了声调,带着戏谑和有些无精打采的口吻说,"再见,我会从柏林给你带一条真丝披肩回来的,如果我去那儿的话,去了那才叫怪呢,此前,我会从莫斯科给你寄一块布料过年。"

她勉强笑了笑,把薄嘴唇抿得更紧了,一抿越发往里缩,仿佛被苍老的下颌吸了进去。那是位七十多岁的妇人,貌似孱弱,小小的个头,生动而微笑的脸庞;她的目光有时候依然是深邃的,有时候则慵懒而平静。她摇了摇头。

"你许诺了好些东西,你哥哥也和你一样。但到了那儿你们就会把我们忘记了。总之,只希望上帝保佑这一切快点结束,你们俩都平安回来。这不幸会很快结束吗?"

"肯定会的。快而不幸。"

"可不能拿这个开玩笑,"她生气地说,"一切都在上帝的手中。"

她离开他,在打开的行李箱前跪下。

"你可以让普拉托什卡和皮奥特在方便的时候上来搬行李。一切都准备好了。毛皮大衣在底下,还有花格子旅行毛毯。你们什么时候出发?现在是午夜。"

"只要我们明早到达莫斯科就可以了。火车明天十一点出发。"

她叹了口气,习惯地点点头。

"啊,我主耶稣,多么忧伤的圣诞节啊……"

楼下，有人在钢琴上弹奏一支欢快轻盈的华尔兹舞曲；可以听到舞步踏在老地板上和鞋跟碰撞的声响。

尤里做了一个手势。

"再见，我下楼了，奶妈。"

"去吧，我的心肝宝贝。"

她一个人呆着。一边叠衣服一边嘟囔："靴子……日常必需用品……在乡下还用得着……我没忘什么东西吧？皮袄都在楼下……"

也是这样，三十九年前，当亚历山大·基里洛维奇走的时候，她也为他收拾了军装，她记得很清楚，我的上帝……老女仆阿加菲娅那时还在世……她自己还年轻……她闭上眼，深深地叹了口气，笨拙地站起身。

"我真想知道那两个狗崽子普拉托什卡和彼得卡在哪儿，"她咕哝道，"上帝原谅我。他们今天都醉了。"她捡起掉在地上的披肩，遮住头发和嘴巴，下了楼。孩子们的房间被安置在屋子最古老的那一部分。这是座美丽的府邸，典雅的建筑，巨大的希腊式三角楣，装饰了很多廊柱；花园一直延伸到邻村苏哈列沃。五十一年来，塔季扬娜·伊万诺夫娜从来没有离开过这里。只有她清楚所有的壁橱、地窖和底楼废弃的阴暗的房间，那些房间过去是些华丽的厅堂，曾经住过几代人……

她快步穿过客厅。基里尔看到她，笑着喊道：

"好啊，塔季扬娜·伊万诺夫娜？他们要走了，你的心肝宝贝？"

她皱一皱眉，同时笑了笑。

"走吧，走吧，去受点苦对你来说也不是坏事，基里鲁什卡①……"

这一位和他的妹妹露露一样有着卡林纳家族世袭的派头，长得俊美，亮晶晶的眼睛，幸福而冷酷的神情。露露被她表弟切尔尼舍夫、一个十五岁的中学生搂着跳华尔兹。昨天她刚满十六岁。她很迷人，本就红润的脸颊因舞蹈而绯红，黑色的粗辫子盘在她小小的头上，宛如深色的皇冠。

"时间，时间，"塔季扬娜·伊万诺夫娜心想，"啊，我的上帝，人们不知道它是怎么流逝的，忽然有一天，看到小孩子们都比你高出一头了……露里奇卡②也是，现在她是个大姑娘了……我的上帝，仿佛还是昨天我对她父亲说：'别哭了，科连卡③，都会过去的，我的心肝。'而他现在已经是位老人了……"

他和叶连娜·瓦西里耶夫娜一起站在她面前。看到她，他颤抖了一下，低声说：

"已经到点了？塔纽什卡④？马备好了？"

"是的，是时候了，尼古拉·亚历山德罗维奇。我让人把行李放到雪橇上。"

他低下头，轻轻地咬着他宽宽的、苍白的嘴唇。

"就到时间了，我的上帝？好吧……你想怎样？走吧，走吧……"

他转向妻子，微微一笑，用平时有些倦怠而平静的语气说：

"孩子们总会长大，老人们总会消失⑤……不是吗，叶连

---

① 基里尔的爱称。
② 露露的爱称。
③ 尼古拉的爱称。
④ 塔季扬娜的爱称。
⑤ 原文为英语。

娜?来吧,我亲爱的,我想是真的到时间了。"

他们互相凝视着,一言不发。她神经质地把黑色的蕾丝围巾往细长柔软的脖子上一甩,只有脖子完好无损地保持了年轻时的美貌,还有她的绿眼睛,水汪汪的。

"我和你一起去,塔季扬娜。"

"那又何必呢?"老妇人耸耸肩,"您只会着凉。"

"没关系。"她不耐烦地咕哝了一声。

塔季扬娜·伊万诺夫娜静静地跟着她。她们穿过无人的小走廊。以前,当叶连娜·瓦西里耶夫娜还是叶列茨卡娅伯爵夫人的时候,夏夜当她来花园尽头的亭子里和卡林纳幽会的时候,他们就是从这扇小门进入酣睡中的房子的……也就在那里,清晨,她有时会碰到老塔季扬娜……她仿佛还看到她在她经过的时候一让并在胸口画十字。这些好像都很久远了,仿佛一个奇怪的梦。当叶列茨基[①]去世后,她就嫁给了卡林纳……一开始,塔季扬娜·伊万诺夫娜的敌意让她难受、懊恼,常常……她当时还年轻。现在,不一样了。有时候她会带着某种讽刺而忧郁的快乐窥视老妇人的目光,看她退让和矜持的动作,仿佛她还是跑去老椴树下幽会偷情的罪人……这些,至少还是青春的些许痕迹。

她高声问:

"你没忘什么吧?"

"当然没,叶连娜·瓦西里耶夫娜。"

---

① 叶连娜的前夫。叶列茨卡娅和叶列茨基在俄语中是一个姓氏,前者称呼女性,后者称呼男性。

"雪很大。在雪橇上加些褥子。"

"放心吧。"

她们推开露台的门,门在厚厚的雪中咯吱着、费劲地敞开了。冰冻的夜里弥漫着冷杉的味道和远处的烟雾。塔季扬娜·伊万诺夫娜把头巾在下巴上打了一个结,一溜跑到雪橇边。她身子骨还硬朗,动作也还灵活,就像当初傍晚时分她到花园里找还是小孩子的基里尔和尤里。叶连娜·瓦西里耶夫娜闭了一会儿眼睛,回想起两个儿子,他们的脸、他们的游戏……基里尔,她的宠儿。他是那么英俊,那么……幸福……她紧张他胜过紧张尤里。她很爱他们两个……但是基里尔……啊,想这些真是罪过……"我的上帝,保佑他们,救救他们,让我们老去的时候依然子孙绕膝……聆听我的祈祷吧,吾主!一切都在上帝的手中。"塔季扬娜·伊万诺夫娜说。

塔季扬娜·伊万诺夫娜走上露台的台阶,抖了抖粘在披肩网眼上的雪花。

她们回到客厅。钢琴声歇了。年轻人站在客厅中间,低声聊着。

"到时间了,我的孩子们。"叶连娜·瓦西里耶夫娜说。

基里尔打了一个手势。

"好的,妈妈,马上……再干一杯,先生们。"

他们为沙皇的健康、为皇室、为盟军、为德国的毁灭干杯。每次干完,他们都把酒杯扔到地上,仆人们则默默地把碎片捡起来。另一些仆人候在走廊上。

当军官们经过他们面前,他们跟背死书一样一起重复道:

"啊……再见,基里尔·尼古拉耶维奇……再见,尤里·尼

古拉耶维奇。"只有老厨师安季普一人醉醺醺的,很忧郁,灰白头发的大脑袋耷拉在肩膀上,哑着嗓子大声地、机械地加了一句:

"上帝保佑你们身体健康。"

"时代变了,"塔季扬娜·伊万诺夫娜嘟囔着,"以往老爷出发……时代变了,人也一样。"

她跟着基里尔和尤里到了露台。雪下得很急。仆人们举高点着的灯,照亮了路口的雕像,覆盖着冰霜,两个柏洛娜①闪闪发亮,古老的花园冰封了,一动不动。塔季扬娜·伊万诺夫娜最后一次在雪橇和道路上方画了一个十字;年轻人喊她过去,笑着把夜风吹拂下的滚烫的脸颊凑过来。"好了,再见,保重,老嬷嬷,我们会回来的,别怕……"车夫抓住缰绳,吆喝一声,如同调子又高又尖又怪异的口哨声,马儿出发了。一个仆人把灯搁在地上,打着哈欠。

"您还待在这儿?姥姥?"

老妇人不回答。他们走了。她看到露台和衣帽间的灯一盏盏渐次熄了。在屋子里,尼古拉·亚历山德罗维奇和他的宾客们又回到餐桌前坐下来晚餐。尼古拉·亚历山德罗维奇机械地从仆人手中接过一瓶香槟。

"你们为什么不喝呢?"他努力挤出一句话,"应该喝酒。"

他小心地给伸过来的杯子满上酒,他的手指微微颤抖。一个胖男人,画着胡子的谢多夫将军走到他面前,在他耳边轻声说:

---

① 柏洛娜,罗马神话中的女战神,战神玛斯之妻或姐妹,为玛斯准备战车。此处指的是路口柏洛娜的雕像。

"您别难过,我亲爱的。我已经跟他们的长官交代过了。他会关照他们的,您放心吧。"

尼古拉·亚历山德罗维奇微微耸了耸肩。他自己也去过圣彼得堡……他弄到了一些信,也得到了几次召见。他跟大公谈过。好像他可以阻止子弹,预防痢疾……"当孩子们长大了,就只能袖手旁观让生活自作主张……但还是会心神不宁,忍不住要去奔走,要去胡思乱想,说真的……我老了,"他忽然这么想,"老了,胆小了。战争?……我的上帝,二十岁的时候我何曾梦想过比它更美的命运?"

他大声说:

"谢谢,米哈伊尔·米哈伊洛维奇……您想怎样?他们将和别人一样打仗。但愿上帝赐予我们胜利。"

老将军热切地重复道:"上帝保佑!"其他人,那些去过前线的年轻人闷声不响。他们中的一个机械地打开钢琴的琴盖,敲出几个音符。

"跳舞吧,我的孩子们。"尼古拉·亚历山德罗维奇说。

他坐回桥牌桌前,朝妻子打了一个手势。

"你该去休息了,叶连娜。瞧瞧你多苍白。"

"你也一样。"她低声说。

他们默默地握着对方的手。叶连娜·瓦西里耶夫娜走了出去,老卡里纳抓了牌开始玩,时不时难过一下,银烛台上的烛火摇曳着,有些心不在焉。

二

又站了一会儿,塔季扬娜·伊万诺夫娜听着铃铛声远去。"他们走得真快。"她想。她站在路中央,两手把脸上的披巾紧了紧。雪,又干又轻,掉在眼睛里就像一粒灰尘;月亮已经升起来了,雪橇的印子深深地嵌在结冰的地面上,闪着蓝色的幽光。风向转了,很快,雪开始落得猛了。轻微的铃铛声已停;积满冰雪的冷杉在寂静中发出折断的声响,好像人费力发出的沉闷的呻吟。

老妇人慢慢朝房子走回来。她想着基里尔,想着尤里,带着一种痛苦的惊愕……战争。她模糊地想象一片荒原、奔马、像熟透的豆荚爆裂开来的炮弹……像一幅朦胧的画……在哪儿看到的?……或许是在一本孩子们的涂色课本上……什么孩子?是这帮孩子,还是尼古拉·亚历山德罗维奇和他的兄弟们?……有时,当她感到累了,就像今夜,她在记忆中就把他们搞混了。一个混乱而漫长的梦……她莫不是要和以前一样,在老房间科连卡的叫声中醒来?……

五十一年……那时候,她也有过一个丈夫、一个孩子……他们都死了,他们两个……已经很久了,她很难想起他们的模样了,有时候……是的,一切都会过去,一切都在上帝的手中。

她上楼到安德烈身边,他是她负责照看的卡林纳家最小的孩子。他还睡在她旁边,在这个边上的大房间里,在这里,先后生活过尼古拉·亚历山德罗维奇和他的弟弟妹妹。这些人要么死了,要么去了远方。房间摆放了很少的家具,显得太宽敞、太高了。塔季扬娜·伊万诺夫娜的床和安德烈的卧榻,卧榻有白色帘子,床栏间挂着一个小小的古老的圣像。一个放玩具的箱子,一张陈旧的木头课桌,以前是白色的,四十年过去已经磨光了,现出淡淡的灰色,像上了漆……四扇光光的窗户,红色的老地板……白天,一切都沐浴在充足的阳光和空气里。当夜晚和奇异的寂静降临,塔季扬娜·伊万诺夫娜对自己说:"是时候了,现在,该有别的孩子来了……"

她点燃一支蜡烛,朦胧地照亮了画满狰狞天使的巨大形象的天花板。她用一个圆锥形的纸卷罩着火焰,走近安德烈。他睡得很沉,金黄色的脑袋陷在枕头里;她摸了摸他露在床单外面的额头和小手,然后坐在他身旁,平常坐的那个位置上。夜里,她可以几小时几小时这样坐着,半睡半醒地打着毛线,被火炉的热气烤得迷迷糊糊的,回忆过去的日子,想象有朝一日基里尔和尤里结婚,新降临的儿孙辈会睡在这里。安德烈很快也要离开了。一到六岁,男孩子就要到楼下去睡,和家庭教师还有管家们住在一起。但这间老房子从来没有长时间闲置过。基里尔?……或者尤里?……或者露露,也许?……她看着蜡烛在寂静中燃烧发出的单调声响,轻轻地摇着手,仿佛在摇摇篮。"我还会看到几个孩子的,如果上帝愿意的话。"她喃喃自语道。

有人敲门。她起身,低声问:

"是您吗,尼古拉·亚历山德罗维奇?……"

"是的,奶妈……"

"轻点进来,别吵醒孩子……"

他进来;她搬了一张椅子,小心地摆在火炉边上。

"您累了?您要喝点茶吗?水一会儿就热好了。"

他阻止了她。

"不用。别麻烦了。我什么都不需要。"

她捡起掉在地上的毛线,重新坐下,明晃晃的毛线针飞快地戳着。

"您已经很久不来看我们了。"

他没回答,把手伸到呼哧呼哧的炉子上。

"您冷吗,尼古拉·亚历山德罗维奇?"

他收回胳膊交叉在胸前,微微战栗了一下;她像过去那样惊叫道:

"您又病了?"

"才没有呢,我的老嬷嬷。"

她有些不满地摇摇头,沉默了。尼古拉·亚历山德罗维奇看了看安德烈的床。

"他睡着了?"

"是的。您想看看他吗?"

她站起身,取过灯,走近尼古拉·亚历山德罗维奇。他没有动……她俯下身,迅速把手搭在他的肩膀上。

"尼古拉·亚历山德罗维奇……科连卡……"

"别管我。"他咕哝了一声。

她静静地背过身。

最好还是什么都别说。如果不在她面前,他还能在谁面前自在地流眼泪呢?……叶连娜·瓦西里耶夫娜自己都受不了……但最好还是什么都别说……她慢慢地退到阴暗处,低声说:

"等我一下,我来准备点茶,让我们俩都暖一暖身子……"

当她回来的时候,他似乎平静下来了;他机械地转着炉子的柄,炉灰从上面掉出来,带着沙子一样细碎的声响。

"瞧瞧，塔季扬娜，我跟你说过多少次让人把这些洞堵上……瞧瞧，瞧瞧，"他指着一只在地板上跑的蟑螂说道，"它们就是从那儿爬出来的。你认为这对一个孩子的房间健康吗？"

"您知道这是家庭兴旺的象征，"塔季扬娜·伊万诺夫娜耸耸肩说，"感谢上帝，这儿一直都有蟑螂，您就是在这儿养大的，在您之前还有其他人。"她把拿来的茶杯放在他手上，用调羹搅了搅。

"趁热喝。够甜吗？"

他没回答，懒懒地、心不在焉地咽了一口，突然站起身。

"好了，晚安，让人把炉子修一修，你听到了吗？"

"如果您想的话。"

"给我掌灯。"

她取了蜡烛，和他一起走到门口；她下了三级楼梯，红地砖有些松动了，朝一边歪着，好像朝地面失去了重心。

"小心……您现在去睡了？"

"睡……我很忧郁，塔季扬娜，我的灵魂是忧郁的……"

"上帝会保佑他们的，尼古拉·亚历山德罗维奇。会老死在自己的床上的，上帝保佑枪林弹雨中的天主教徒……"

"我知道，我知道……"

"应该信任上帝。"

"我知道，"他重复道，"但不仅仅因为这个……"

"那是什么？老爷？"

"一切都很糟糕，塔季扬娜，你不明白的。"

她摇了摇头。

"昨天，我的侄外孙，我在苏哈列沃的侄女的儿子，他也被卷入这场该死的战争中去了。家里没别的男人，因为长子已经在上一个圣灵降临节的时候阵亡了。只剩下一个女人和一个跟我们的安德烈同岁的小女孩……地怎么种？……家家有本难念的经。"

"是的，这是多事之秋……上帝希望……"

他猛地止住话头，说：

"好了，晚安，塔季扬娜。"

"晚安，尼古拉·亚历山德罗维奇。"

她等他穿过客厅，一动不动站了一会儿，听地板在他脚下咯吱作响。她打开嵌在落地窗上的小气窗。一阵寒风呼啸着，吹起了她的披肩和掉下来的几绺头发。老妇人笑了，闭上眼睛。她出生在远离卡林纳家的俄罗斯乡间，对她而言，这点冰和风从来都不算什么。"在我们那里，春天的时候，大家光着脚去破冰，我还真想再那么干呢。"她说。

她关上气窗，听不到风声了。只有古老的墙上壁炉的灰掉下来的轻响，如沙漏的沉吟，还有被老鼠啃掉的老木头沉闷的咯吱声……

塔季扬娜·伊万诺夫娜回到房间，祈祷了很久，然后脱了衣服。已经很晚了。她吹灭了蜡烛，叹了口气，在寂静中高声说了几次："我的上帝，我的上帝……"然后就睡了。

三

当塔季扬娜·伊万诺夫娜关上空荡荡的屋子的一扇扇门,她爬到屋顶的小平台上。那是五月一个寂静的夜晚,已经暖和起来了。苏哈列沃在燃烧;可以清晰地看到闪耀的火焰,可以听到风传来远处的叫喊。

卡林纳一家一九一八年一月就逃走了,那是五个月前,打那以后,塔季扬娜·伊万诺夫娜每天都能看到地平线上的火光,熄灭了之后又燃起,与此同时,红军去了白军来,之后红军又再次回来。但哪一天的火都没有那天晚上离得那么近;火光照亮了闲置的花园,那么清晰,都能看到大道上前一天盛开的丁香花。鸟儿们上了火光的当,像大白天那样翻飞……狗吠。之后风向转了,带走了火燃烧的声音和味道。闲置的老花园再次变得宁静而阴暗,空气中飘满了丁香的香味。

塔季扬娜·伊万诺夫娜等了一会儿,之后叹了口气,下来了。在楼下,地毯和挂毯都拿走了。窗户也都钉死了并用铁条护着。银器全收在箱底,藏在地窖里;她让人把贵重瓷器埋在废弃果园年代比较久远的那一边。几个农民帮了她的忙:他们窃以为,所有这些财富过不了多久就会属于他们了……现在人们关心邻居的财富只是为了有朝一日占为己有……因此,他们什么也没对莫斯科来的警官说,以后,走着瞧吧……而且没有他们,她啥也干不了……她孤身一人,佣人们早就走光了。厨师安季普是最后走的一个,他留下来一直陪她到三月,因为之后他就死了。他有地窖的钥匙,他不希冀别的,"你滴酒不沾真是大错特错,塔季扬娜,"他说,"这能安慰所有的不幸。瞧,我们孤零零的,像狗一样被抛弃了,但只要有酒我就什么都无所谓了……"但她从来就没有喜欢过喝酒。一天晚上,就在三月最后的几场暴风雪来临的时候,他们俩坐在厨房,他开始滔滔不绝,回忆起他当士兵的岁月。"他们并不蠢,这些年轻人,还有他们的革命……人人都有定数……他们喝够了我们的血,那些肮脏的猪猡,该诅咒的卡林纳家人……"她没有答话。有什么用?他威胁要烧了房子,要卖掉藏起来的珠宝首饰和圣像……他就这样说了一阵子胡话,突然,他发出一种抱怨的叫喊,叫道:"亚历山大·基里洛维奇,你为什么把我们抛下,老爷?"黑血和烈酒从他的唇上涌出来;他垂死挣扎到第二天早上,随后就去了。

塔季扬娜·伊万诺夫娜搭上客厅门上的铁链,从走廊通往露台的小入口走了出去。雕像还都包在木箱子里面,自一九一六年九月被放在里面之后就忘在那儿了。她看着房子:石头淡雅的黄色被融化的雪水弄黑了;在叶板下,仿大理石剥落了,露出像子弹打过的坑洼痕迹。橘园的一些玻璃窗被风刮坏了。"要是尼古拉·亚历山德罗维奇看到这些……"

她在小径上走了几步,停下来用手按着心口。在她面前站着一个男人。她端详了一会儿,没认出这张苍白的脸,它在士兵的帽盔下疲惫不堪,之后她用颤抖的声音问:

"是你吗?是你,尤罗奇卡……"

"是我。"他带着古怪的神情说道,有点犹豫和冷淡,"今晚你能把我藏起来吗?"

"放心。"她像往常一样说道。他们进了房子,到了空荡荡的厨房;她点了一枝烛台,照亮了尤里的脸。

"你变了好多啊,上帝!……你病了?"

"我得过伤寒,"他说,声音缓慢而含混,"我病得像条狗,在离这儿很近的地方,在当纳亚……但我怕你知道。我受到通缉,会被判死刑,"他用同样单调淡漠的口吻结束了他的话,"我想喝……"

她把水放在他跟前,跪下来解他绑在光着的脚上又脏又沾满了血的破布。

"我走了很久。"他说。

她抬起头,问:

"你为什么来?这儿的农民都不可理喻。"

"啊,现在哪儿都一样。当我出狱的时候,父母已经去了敖德萨。我能去哪儿?人们来来去去,有的去北方,有的去南方……"

他耸了耸肩,无所谓地说:

"哪儿都一样……"

"你关过监狱?"她合起手低声问道。

"六个月。"

"为什么?"

"鬼知道……"

他沉默了,一动不动,努力把话说完:

"我从莫斯科出来……一天,我上了一列救护车,护士们把我藏了起来……我当时还有钱……我和他们一起坐车坐了十天……之后我步行……但我染上了伤寒。我倒在田野里,在当纳亚附近。有人把我带回家,我在他们那儿住了一段时间,后来因为红军逼近,他们害怕了,于是我就走了。"

"基里尔在哪儿?"

"他和我一起被关起来了。但他逃掉了,他去敖德萨和父母会合了,我还在狱中的时候有人送了一封信给我……而当我出监狱,他们已经走了有三个星期了。我一直都不走运,我的老嬷嬷,"他带着嘲讽和无奈的神情说道,"甚至在狱中,基里尔和一位漂亮姑娘关在一起,一个法国女演员,而我和一个老犹太人关在一起。"

他笑了,忽然停下来,仿佛被自己沉闷而嘶哑的声音吓了一跳。他把脸颊靠在手上,叹了口气:

"在家里我是多么幸福,奶妈。"说完,他就睡着了。

他睡了几个小时,她一动不动地坐在他对面,看着他;泪水静静地淌在她苍白衰老的脸上。后来,她把他叫醒,让他到楼上的儿童间,服侍他睡下。他有点轻微的谵妄。他大声说话,手依次碰到挂在安德烈床栏上的圣像还有墙上的日历,那日历上还印着沙皇的彩色肖像,和他小时候的日历一样。他用手指着那页写着一九一八年五月十八日的日历,反复说:"我不明白,我不明白……"

然后他微笑地看着轻轻飘动的帷幕,花园,被月光照亮的树木,就在这个地方,挨着窗户,老木板有点陷下去;微弱的月光将它填满了,光影摇曳着,宛如一摊牛奶。曾经有多少次,当弟弟睡着了,他起床坐在地上,听着马车夫的手风琴,女佣们收敛的笑声……丁香花香气浓郁,就像今晚……他支着耳朵,不自觉地在寂静中寻找手风琴颤抖的声音。但空气中传来的只是间或一声沉闷的轰鸣。他站起身,按着塔季扬娜·伊万诺夫娜的肩膀,坐在她身边黑暗处。

"那是什么声音？"

"我不知道。从昨天开始就听到了。是雷声吧，或许是五月的雷声。"

"这个？"他说。他突然笑了，睁大了因发烧而变得苍白却带着一种灼灼冷光的眼睛看着她："这是炮弹声，我的老嬷嬷！……我就说呢，哪来那么美的事……"

他说了几句含混的话，伴着笑声，然后清楚地说道：

"就静静地死在这张床上吧，我是那么心灰意懒……"

早上烧退了；他特意起来，到花园走走，呼吸呼吸春天的空气，温暖纯净，就像过去……只有空气没有改变……废弃的花园，野草丛生，带着神秘和忧伤的气息。他走进一个小亭子，躺在地上，机械地把玩着几块彩绘碎玻璃，透过这些碎片看对面的房子。有一晚，在监狱里，当他一天天等着被处决的时候，他在梦中又看到了自家的房子，就是他今天透过小亭子窗户看到的样子，但梦中的房子是敞开着的，露台上满是鲜花。在梦中他甚至看到屋顶上闲步的野鸽子。他当时突然惊醒过来对自己说："明天就是我的死期，肯定的。在死之前，也只有临死的时候，人们才会有这样的回忆……"

死。他不怕死。但在革命的喧嚣中去世，被众人遗忘、抛弃……太愚蠢了，这一切……再怎么说，他还没有死……谁知道呢？他或许会逃过这一劫。这座房子……他原以为永远都不会再见到了，它现在就在那里，这些年年都要被风刮掉下来的彩绘玻璃碎片，他小时候就喜欢拿着它们玩耍，想象那些意大利的山坡……或许是因为它们的颜色，紫红色像血像黑葡萄酒……每每塔季扬娜·伊万诺夫娜走进来，说："你母亲喊你了，我的小心肝……"

塔季扬娜·伊万诺夫娜走进来,手上端了一盘土豆和面包。

"你是怎么解决吃的问题的?"他问。

"在我这个年纪,不需要吃很多东西。土豆反正一直都是有的,有时候村子里也有面包……我向来什么都不缺。"

她在他身边跪下,把吃的喝的送到他嘴边,好像他还太虚弱需要人喂似的。

"尤里……你现在走?"

他皱了皱眉头,看着她没有回答。她对他说:

"你可以一直步行到我侄子家,他不会害你的:如果你有钱,他能帮忙找几匹马,你就可以去敖德萨了。那儿远吗?"

"坐火车三四天,那是在太平的时候……现在,天知道……"

"那又怎么样,上帝保佑你。你可以和父母团聚,把这个带给他们。我一直不愿意把它托付给别人,"她一边说一边撩起裙子的卷边,"这些是你母亲大项链上的钻石。离开之前她让我把它们藏起来的。他们什么都没能随身带走,他们是在红军攻占当纳亚那天夜里离开的,他们害怕被捕……他们现在过得怎么样?"

"不好,或许,"他耸了耸肩,慵懒地回答,"呃,我们明天再看吧。啊,你还心存幻想,现在哪里都一样,在这里,至少,农民们都认识我,我从来没有对不起他们……"

"谁知道他们肚子里安的什么心?那帮狗崽子。"她嘟囔道。

"明天,明天,"他闭上眼睛重复说道,"我们明天再看吧。这里是那么美好,我的上帝……"

白天就这么过去。傍晚时分,他回来了。清澈宁静的日暮,就像前一天。他沿着水池绕了一圈；秋天的时候，四周的灌木丛掉光了叶子，在冰下还冻了厚厚的一层落叶。丁香花如细雨飘落。几乎看不见黑色的池水，间或有些地方闪着微光。

他回到房子里，上楼去儿童间。塔季扬娜·伊万诺夫娜在窗前已经摆好了餐具；他认出一块专门给孩子们用餐的细布小桌布，他们小时候偶尔生病在房间吃饭的时候用的那种，刀叉是镀金的，有些年头了，还有一个黯淡的金属小杯子。

"吃吧，喝吧，我的小心肝。我从酒窖里为你拿了一瓶葡萄酒，你以前喜欢吃炭火灰里烤的土豆。"

"但后来我的口味变了，"他笑着说，"但还是谢谢你，我的老嬷嬷。"

夜降临了。他吩咐点了一支蜡烛，放在桌子的一角。火焰燃烧着，在宁静的夜里透明而端庄。多么安静啊……他问：

"奶妈？你为什么不跟我父母一起走呢？"

"总得有人留下来看家啊。"

"你以为？"他带着有点嘲讽的忧郁说，"帮谁看？我的天。"

他们不说话了。之后他又问：

"你不想去和他们会合吗？"

"如果他们叫我去我就去。我会找到路的；我从来就没有慌张过，我也不傻，感谢上帝……但我走了房子会怎样？……"

她突然止住不语，压低了嗓门说：

"听！……"

有人在下面敲门。他们两人马上站起身。

"躲起来，你躲起来，看在上帝的分上，尤里！……"

尤里凑近窗户，小心地朝外头看了看。月亮已经升起来了。

他认出了那个年轻人，站在路中央；那人退后了几步叫道：

"尤里·尼古拉耶维奇！是我，伊格纳特！……"

是从小在卡林纳家养大的年轻马车夫。尤里小时候和他一起玩耍过……就是他在夏夜的花园里唱歌，伴着手风琴声……"如果他要加害于我，"尤里突然想，"那就让一切都见鬼去吧，连我也一起！……"他俯身在窗口，叫道：

"上来，老兄……"

"我上不去，门拴上了。"

"下去开门，奶妈，他就一个人。"

她嘀咕道：

"你都干了什么，可怜虫？"

他做了一个慵懒的手势。

"该发生的迟早要发生……而且，他看到我了……去吧，去给他开门，我的老嬷嬷……"

她站在那里，没有动，沉默着，颤抖着。他朝门走去。她拦住他，突然血涌到她的两颊。

"你做什么？不该你下楼去给马车夫开门。等着我。"

他微微耸了耸肩，重新坐下来。当她回来的时候，后面跟着伊格纳特，他站起身，迎了过去。

"你好，真高兴看到你。"

"我也是，尤里·尼古拉耶维奇。"年轻人微笑着说。他有一张饱满而粉嘟嘟的脸庞。

"你吃饱了？你？"

"上帝保佑我，少爷。"

"你现在还像以前那样拉手风琴吗？"

"有时候会拉……"

"那我还能听到你拉琴……我在这里要待一段时间……"

伊格纳特没问答；他一直微笑着，露出他大大的雪亮的牙齿。

"你想喝酒吗？给他一个杯子，塔季扬娜。"

老妇人恭顺地听从了。年轻人喝上了。

"为了您的健康，尤里·尼古拉耶维奇。"

他们沉默了。塔季扬娜·伊万诺夫娜上前一步：

"好了。你现在走吧。少爷累了。"

"你必须和我一起到村里去，尤里·尼古拉耶维奇……"

"啊！为什么？"尤里喃喃道，声音不自觉虚了下来，"为什么，我的老朋友？"

"必须去。"

塔季扬娜·伊万诺夫娜好像要猛地扑过来，在尤里平静而苍白的脸上，突然闪过一种野蛮而怪异的神情，他呻吟着，带着一丝绝望说道：

"别管他，别说话，我求你了。随他去吧，没什么大不了的……"

她叫嚣着，不听他的话，她消瘦的手紧绷得像动物的利爪：

"啊，该诅咒的魔鬼，狗娘养的！你以为我在你眼睛里看不出你的鬼心思？你是谁？你现在倒命令起你主子来了？"

他转过脸看看她，脸色已经变了，眼睛像着了火，之后平静下来，冷淡地说：

"闭嘴，奶奶……村子里有人想见尤里·尼古拉耶维奇，就这样……"

"你至少知道他们让我去干嘛吧？"尤里问道。他一下子感到慵懒，心里只有一个恳切的念头：躺下来睡他个天昏地暗。

"要跟你谈分酒的事情。我们接到了莫斯科的命令。"

"啊！就是因为这个？你喜欢我的酒，我看出来了。但你们可以等明天来，你知道。"

他朝门走去，伊格纳特跟在后面。走到门槛那儿，他停了下来。有一秒钟，伊格纳特好像在犹豫，突然，就像他以前抓起马鞭那样，他把手放到腰上，掏出毛瑟枪，开了两枪。第一枪打中了尤里的胸膛；他惊讶地叫了一声，呻吟着。第二枪打中了他的脖子，当场就要了他的命。

四

尤里去世一个月后,卡林纳的一个表兄,一个饿得半死、累得半死的老人在一天夜里到了塔季扬娜·伊万诺夫娜家。他从敖德萨到莫斯科一路找他四月轰炸的时候失踪的妻子。他给塔季扬娜带来了尼古拉·亚历山德罗维奇和他家人的消息,还有他们的地址。他们身体都好,但日子很难过。"你能否找到一个信得过的人……"他犹豫了一下,"把他们留下来的东西带去……?"

老妇人出发去敖德萨,带着藏在裙子卷边里的首饰。她整整走了三个月,就像她年轻的时候步行去基辅朝圣一样,有时也爬上南下饥民乘坐的火车。九月的一个傍晚,她走进了卡林纳家。他们永远忘不了她敲门的那一瞬间,他们看到她出现在门口,目光平静而有些许慌乱,背上背着衣物包,钻石蹭着她疲惫的双腿;也忘不了她苍白的脸色,好像所有的血都被抽光了;也忘不了她告诉他们尤里去世那一瞬间。

他们住在码头区一个阴暗的房间里;一袋袋的土豆就挂在窗户上好挡子弹飞进来。叶连娜·瓦西里耶夫娜睡在一条扔在地上的毯子上,露露和安德烈在小炉子微弱的光线下打着牌,炉子里有三块快烧光的煤炭。天气已经冷了,风从打碎的玻璃窗里溜进来。基里尔睡在一个角落,尼古拉·亚历山德罗维奇从那时起就开始从一堵墙走到另一堵墙,两手背在身后,同时想着不复返的过去,这成了他此后人生的主要排遣。

"他们为什么杀了他?"露露问,"为什么,主啊,为什么?"泪水从她的脸上流下来,那张改变了、苍老了的脸。

"他们怕他回来要回他的田地。但他们说他先前是个好地主，因此要免得他受审判而被处决，最好就这样杀了他……"

"这些胆小鬼，这些狗崽子，"基里尔突然叫嚷道，"在他背后开枪！该死的农民！……我们当初真是教训你们还教训得不够！……"他带着仇恨把拳头伸到老妇人面前。

"你听到了？你听到了？"

"我听到了，"她说，"何必计较他是这样的死法还是那样的死法？上帝接受了他，即使他没有做临终圣事，我看得很清楚，他的面容很平静。但愿上帝赐给我们每个人如此平静的死亡……他什么也没看见，他没有受罪。"

"啊！你不明白。"

"那样更好。"她重复道。

这是她最后一次高声说尤里的名字；关于他，她仿佛已经永远地锁上了她苍老的嘴巴。当其他人谈起他的时候，她不答话，保持沉默和冷淡，空茫的眼神，带着一种冰冷的绝望。

冬天严寒。他们缺衣少食。只有塔季扬娜·伊万诺夫娜给他们带来的首饰有时候能换一点钱。城市在燃烧；雪缓缓地落下来，盖住了毁于战火的房屋烧焦的柱子、死尸和大卸八块的马的尸首。但有时候，城市忽然变了样；有肉，有水果，有鱼子酱到来……只有上帝知道是怎么回事……炮弹声停了，生活重新开始，好景不长却令人沉醉。令人沉醉……这，只有基里尔和露露感觉到了……以后，某些夜晚，泛舟游荡，和别的年轻人一起，亲吻的味道，清晨吹在黑海潮汐上的冷风，都不会从他们的记忆中消隐。

漫长的冬天过去，又是一个夏天，来年的冬天，饥荒是那么严重，很多饿死的孩子被装在旧麻袋里成堆成堆地埋到土里。卡林纳一家活着。五月，乘上最后一艘离开敖德萨的法国轮船，他们终于到达了君士坦丁堡，之后是马赛。

他们于一九二〇年五月二十八日在马赛的港口下了船。在君士坦丁堡，他们卖了剩下的首饰，有了一点钱，出于老习惯都缝在腰带上……他们穿着破衣烂衫，一张惊恐、可怜、严峻的外国人的嘴脸。孩子们，不管怎么说，还是显得欢欣雀跃；他们带着一种阴暗的轻盈笑着，这让老人们越发感到自身的疲惫。

五月清澈的空气充满了鲜花和胡椒的气息；人群慢慢地走着，停在橱窗前，笑着，高声说话；咖啡馆的光线、音乐，一切都显得那么奇怪，就像一个梦。

当尼古拉·亚历山德罗维奇在旅店订房间的时候，孩子们和塔季扬娜·伊万诺夫娜在外头待了一会儿。露露，伸长一张苍白的脸，闭上眼睛，嗅着傍晚芬芳的空气。大电灯泡照亮了街道，发出散漫而蓝色的光芒；小树丛摇晃着它们的枝桠。几个水手路过，笑着看着一动不动的漂亮姑娘。他们中的一个扔给她一束金合欢花。露露笑了起来。"美丽、迷人的国家，"她说，"多美的梦啊，妈妈，看……"

但老妇人坐在一张长凳上，好像在打着瞌睡，她的手帕扎在她花白的头上，双手交叉放在膝盖上。露露看到她的眼睛是睁着的，定定地看着前方。她碰了碰她的肩膀，喊她：

"奶奶？你怎么啦？"

塔季扬娜·伊万诺夫娜突然战栗了一下，站起身。就在同时，尼古拉·亚历山德罗维奇向他们招手。

他们走进去，慢慢穿过大厅，感觉背后他人好奇的目光。厚厚的地毯，他们都已经不习惯了，好像胶水一样贴在他们的鞋底上。在餐厅，乐队在演奏。他们停下来，听着他们头一回听到的爵士乐，他们重新感到一种模糊的恐慌，说不出来的迷狂。这是另一个世界……

他们走进房间，久久地待在窗前，看街上驶过的汽车。孩子们喋喋不休地说：

"出去，出去，我们上咖啡馆，去剧院……"

他们洗了澡，刷了刷身上的衣服，赶紧跑到门口。尼古拉·亚历山德罗维奇和他妻子跟着他们，更慢些，更艰难些，但他们也被一种对自由和空气的饥渴淹没了。

站在门槛上，尼古拉·亚历山德罗维奇转过身。露露已经关了电灯。他们忘了塔季扬娜·伊万诺夫娜还坐在窗前。放在小阳台上的一点煤气嘴上的火苗照亮了她低垂的头。她一动不动，似乎在等待。尼古拉·亚历山德罗维奇问：

"你和我们一起去吗，奶妈？"

她什么也没回答。

"你不饿吗？"

她摇摇头，然后，突然，站起身，神经质地绞着她披肩上的流苏。

"我要把孩子们的行李拿出来吗？我们什么时候再动身？"

"可我们已经到目的地了，"尼古拉·亚历山德罗维奇说，"为什么你还想再离开呢？"

"我不知道，"她喃喃道，带着心不在焉懒散的神情，"我以为……"

她叹了口气，分开手臂，低声说：

"也好。"

"你和我们一起去吗?"

"不,谢谢,叶连娜·瓦西里耶夫娜,"她费了点劲说道,"不用了,真的……"

听到孩子们在走廊上奔跑。老夫妻边叹气边沉默地互相看了看,然后叶连娜·瓦西里耶夫娜做了个慵懒的手势,出去了,跟在她后面,尼古拉·亚历山德罗维奇也出去了,顺便轻轻掩上了门。

五

卡林纳一家在夏初到达巴黎，在凯旋门街租了一套带家具的小公寓。在当时，第一批俄国移民涌入巴黎，他们都聚集在帕西和星形广场附近，不自觉地慢慢朝附近的森林蔓延。那年的炎热是令人窒息的。

公寓又小，又暗，又闷；弥漫着灰尘、旧织物的气味；低矮的天花板好像压着头；从窗户望出去可以看到院子，又窄又深，石灰刷的白墙，强烈地反射着七月的阳光。一早人们就关上了百叶窗和格子窗，在这四间黑暗的小房间里，卡林纳一家一直待到晚上都不出门，被巴黎的嘈杂声吓呆了，不自在地呼吸着从院子里传来的水槽和厨房的味道。他们走来走去，从一堵墙到另一堵墙，默默地，就像秋天的苍蝇，当夏天的炎热和光线消逝，痛苦地盘桓在玻璃窗上，慵懒而受了刺激，拖着它们死气沉沉的翅膀。

塔季扬娜·伊万诺夫娜整天坐着，在位于公寓尽头的小小的洗衣房里缝缝补补。全职女佣，一个诺曼底的姑娘，脸色红润清新，像佩尔什马一样结实，有时会半推开门，叫道："您不无聊吗？"她以为大声说就能让这个外国老妇人听得更明白些，就像跟耳背的人说话一样，洪亮的声音让陶瓷台灯上的灯罩都微微颤抖。

塔季扬娜·伊万诺夫娜轻轻摇头，女佣重新开始对付她那堆锅碗瓢盆。

安德烈被送到布列塔尼海边的寄宿学校。不久，基里尔也离开了。他找到了他在狱中的同伴,那个一九一八年在圣彼得堡曾和他关在一起的法国女演员。她现在养尊处优。那是位慷慨的漂亮小姐,金发迷人,丰满的身材,疯狂地迷恋基里尔……这让生活变得容易。但回到家里,有些清晨,他会看看窗下的院子,热切地希望躺在玫瑰色的石子路上,让爱情、金钱还有它们带来的一切纷纷扰扰都一了百了。

然后,也就过去了。他买漂亮衣服。他喝酒。六月底,他和他的情妇去了多维尔。

在巴黎,当炎热来临,卡林纳一家就会在黄昏时分出门,去森林,去太子妃阁楼。父母就待在那儿,忧伤地聆听着乐队的演奏,回忆着莫斯科的岛屿和花园,而露露还有其他年轻姑娘、小伙子们,沿着黑暗的小径走着,背诵诗歌,玩着爱情的游戏。

露露二十岁了。她没有以前美丽,消瘦,动作很猛,就像一个男孩子,肤色黯淡、粗糙,被长年流浪路上的风吹坏了,带着奇怪、慵懒、冷酷的神情。她以前喜欢动荡、刺激、危险的生活。现在,她更喜欢这些巴黎黄昏的散步,在酒吧间那些漫长、寂静的夜晚,拥挤的小吧台,带着石灰、酒精的气息,还有厅堂尽头桌球的声响……午夜时分,他们回她或他的家,然后又喝酒,在黑暗里互相抚摸。父母睡着了;他们依稀听到留声机唱到天亮。他们什么也看不见,或者什么也不想看见。

一天夜里,塔季扬娜·伊万诺夫娜走出自己的房间去收晾在洗手间的衣服,她前一天落在浴室加热器上了,还有一双露露的长筒袜要补。她常常夜里做活。她只需要很少的睡眠,一到凌晨四五点钟就起来了,静静地在房间里晃荡,她从来不进客厅。

但这天夜里,她听到衣帽间有脚步声和说话声;孩子们已经走了很久了，或许……她看到客厅的灯光从门底的缝隙中漏出来。"他们又忘了关电灯了。"她心想。她把门打开，也就只是在这个时候，她才听到留声机唱着，被一圈靠垫围在中央；低沉的音乐，有些喘息不定，仿佛透过水面传出来的。房间半明半暗。只有一盏灯，用一条红布蒙着，照亮了沙发，沙发上躺着露露，看上去像睡着了，胸口的裙子敞着，怀里抱着一个小伙子，苍白而精致的轮廓，头朝后仰着。老妇人走过去。他们真的睡着了，他们的嘴唇依然吻在一起，脸贴着脸。一股酒精和浓郁的香烟的味道充斥了房间；几个酒杯，一些空瓶子，一碟碟盛满烟头的烟灰缸，几个依然留着身子压过痕迹的散落在地上的靠垫拖在地上。

露露醒了，定睛看着塔季扬娜·伊万诺夫娜，笑了；她的眼睛因为葡萄酒和发烧变大变黑了，平添了一分既无所谓又极其疲倦的讽刺神态。她低声问道：

"你想干吗？"

她长长的头发披散下来坠到地毯上；她做了一个抬头的动作，却呻吟了一声；小伙子的手在她散乱的发丝里抽搐了一下。她猛地把头发理了理，坐起来。

"怎么啦？"她再次不耐烦地问道。

塔季扬娜·伊万诺夫娜看着小伙子。她认得他；她以前常常在卡林纳家看到他；他叫乔治·安德洛尼科夫王子，她还记得他长长的金色卷发，镶着蕾丝花边的衣领。"把他给我扔出去，马上，你听见了吗？"她突然说道，咬着牙，她衰老的面孔颤抖着，异常苍白。

露露耸了耸肩。

"得了,你别说了……他马上就走……"

"露里奇卡。"老妇人喃喃道。

"好了,好了,别说了,看在上帝的分上……"

她关了留声机,点上一支香烟,又几乎马上把它扔掉了,简单地命令道:

"帮帮我。"

默默地,她们开始整理客厅,捡起香烟头、空杯子;露露打开百叶窗,贪婪地呼吸着从地下室传来的清凉的气息。

"多热啊,不是么?"

老妇人没搭话,带着某种乡下人的持重移开了目光。

露露坐在窗棂上,边摇晃边哼着歌。她好像酒醒了,病了;她苍白的脸颊上,粉被吻掉的地方毫无血色;有黑眼圈的大眼睛盯着前方,深邃而空茫。

"你怎么啦,奶妈?每天夜里都一样,"她最后用平静的口吻说,嗓音因为香烟和葡萄酒变得有些沙哑,"在敖德萨,我的老天……在船上?……你就从来没注意到?"

"多不要脸,"老妇人嘟囔着,带着厌恶和痛苦的神情,"多不要脸!……你父母就睡在隔壁……"

"是吗?啊,你想到哪儿去了,你疯了,奶妈?我们没做什么坏事。我们喝了点酒,我们接吻,这有什么不好的?你以为我父母在年轻的时候不做这些?"

"不做,我的小姑娘。"

"啊,你以为呢,你?"

"我也曾,我也曾年轻过,露里奇卡。那是很久以前,但我依然记得年轻的血液燃烧在我的脉搏里。你以为这会被忘记么?

我记得你的那些姑姑们，她们二十岁时的样子，和我一样。那是在卡里诺夫卡，在春天……啊，那一年天气多美好啊……天天都在森林里散步，在水池上……晚上，在邻居家或者我们家的舞会……每个姑娘都有自己的情郎，好多次，他们一起离开，在月光下乘着三套马车……你去世的奶奶当时常念叨'在我们那个年代……'那又怎样？她们很清楚什么可以做，什么不可以做……早晨，有时候，她们来到我的房间跟我讲述谁说过什么，另一个又说了什么……就这样，后来有一天，她们订了婚，她们结婚过日子，坦然接受各自的幸与不幸，直到上帝某一天把她们带走……她们死得早，你也知道，一个死于难产，另一个五年后死于高烧……啊，是的，我记得……我们当时有地方上最好的马匹，有时候他们骑马出去，当年还是年轻小伙子的你父亲、他的朋友们、你的姑姑们，还有其他年轻姑娘，去森林，仆人们走在他们前面举着火把……"

"是的，"露露酸楚地说，一边指了指幽暗阴郁的小客厅和劣质的伏特加，她指间机械地把玩着剩在杯底的一点残酒，"显然，环境已经变了……"

"不仅仅是环境变了。"老妇人嘟囔着。她忧伤地看着露露。

"我的小姑娘，原谅我……你不要感到不好意思，我是看着你出生的……你没有越轨吧，至少？……你还是处女吧？"

"是的，我的老嬷嬷。"露露说。她想起一个轰炸的夜晚，在敖德萨，她留在罗森科朗茨男爵家里，男爵曾是该城的执政官，当时他关在监狱，只有他儿子独自一人住在家里。炮弹轰炸来得那么突然，她没有时间回自己家，她在荒凉的宫殿过了夜，和塞尔日·罗森科朗茨一起。他现在怎么样了？死了，或许……伤寒、饥馑、一颗流弹、监狱……真是选都选不过来……怎样的夜晚……码头烧起来了……他们从温存的床上看到港口燃烧的石油流了一地……

她记得那座房子，在街对面，门面坍塌了，罗纱窗帘在空中飘荡……那个夜晚……死亡是那么近……

她机械地重复道：

"是的，奶妈……"

但塔季扬娜·伊万诺夫娜太了解她了：她摇了摇头，默默地抿紧了她苍老的嘴唇。

乔治·安德洛尼科夫呻吟着，重重地翻了个身，然后迷迷糊糊醒了。

"我彻底醉了。"他柔声说。

他摇摇晃晃走到圈椅前，把脸埋在靠垫里，一动不动。

"他在一家修车行干了一整天，他饿坏了。要是没有酒……和别的，活着还有什么意思？"

"你冒犯上帝了，露露。"

突然，年轻姑娘把脸掩在手中，绝望地抽泣起来。

"奶妈……我多想在我们原先的家里！……在我们家，我们家！"她一边重复一边用一个神经质的奇怪动作绞着手指，那模样变得让老妇人都不认识了。"为什么我们要受到这样的惩罚？我们什么坏事都没有做过！……"

塔季扬娜·伊万诺夫娜温柔地抚摸她散乱的头发，头发里全是烟酒的味道。

"这是上帝神圣的意愿。"

"啊，你让我心烦了，除了这个你不会说别的……"

她拭了拭眼睛，用力地耸了耸肩。

"好了，别管我了！……你走吧……我情绪恶劣又心灰意懒。什么都别跟我父母说……说了又有什么用呢？无非让他们多点无谓的痛苦，你什么也阻止不了，相信我……什么也不能。你太老了，你不会明白的。"

六

八月的一个星期天,当基里尔回来,卡林纳家为尤里灵魂的安息订了一场弥撒。他们一起步行到达吕街。那是一个明媚的日子,碧空万里。在泰尔纳街有露天的集市、乡野音乐、灰尘;路人奇怪地看着塔季扬娜·伊万诺夫娜,看着她黑色的披头巾和长长的裙子。

达吕街,弥撒在教堂的地下室举行。蜡烛柔和地跳动着。能听到滚烫的蜡在轮唱圣歌的间隙滴落在石板上。"为了上帝的仆人尤里灵魂的安息……"神父,一位双手修长而颤抖的老人,低声说着,柔和而暗哑的嗓音。卡林纳一家默默地祈祷;他们不再想尤里了,他已经清静了,他,而他们还有那么长的路要走,漫长而阴暗的人生路。"我的上帝,庇佑我,原谅我……"他们说。只有塔季扬娜·伊万诺夫娜跪在黑暗中闪着微光的圣像前,弯下腰把额头碰到冰冷的石板上,一心想的只是尤里,只为他祈祷,为了他的救赎和永恒的安息。

弥撒结束了,他们回去,在一个蓬头欢笑的过路小姑娘那里买了一些娇嫩的玫瑰。他们开始喜欢这座城市和它的居民。人们忘了所有的不幸,在大街上,只要太阳一出来,就感到心变得轻盈起来,却不知道是为什么……

佣人星期天是放假的。桌上摆着冷菜。他们勉强吃了点,然后露露把玫瑰放在尤里一张孩提时的老照片前。

"他的眼神多奇怪啊,"露露说,"我以前从来没注意到……某种冷漠、疲倦,你们看……"

"在那些早逝或者死于非命的人的肖像上我总是看到这种眼神，"基里尔有些窘迫地喃喃道，好像他早就知道了却不放在心上……"可怜的尤里，他是我们当中心肠最好的一个……"

他们默默地凝视着苍白的小照片。

"他现在清静了，永远解脱了。"

露露悉心理了理花，点了两支蜡烛，把它们放在相框的两边。他们一动不动地站在那里，努力去回忆尤里，但他们再也无法体会到一种冰冷的哀伤，仿佛他已经去世很多年了。其实只有两年……

叶连娜·瓦西里耶夫娜轻轻地擦了擦玻璃上的灰尘，不自觉地拭了拭脸上的泪水。在所有孩子当中，尤里是她了解最少、最不得宠的一个……"他现在和上帝在一起，"她想道，"他比别人更幸福……"

可以听到街上节日的喧闹。

"这儿可真热。"露露说。

叶连娜·瓦西里耶夫娜转过脸。

"好吧，出去吧，孩子们，你们想干吗？出去透透气看看热闹。我像你们这么大的时候，很喜欢圣枝主日莫斯科的集市、宫廷的节庆。"

"我也是，我也喜欢。"露露说。

"好了，去吧。"母亲慵懒地重复道。

露露和基里尔走了。尼古拉·亚历山德罗维奇站在窗前，放空地面对着眼前白墙。叶连娜·瓦西里耶夫娜叹了口气。他变化多大啊……他以前并不消沉……他穿着一件斑驳的旧衣服……以前他是那么英俊迷人……而她自己呢？她赶紧在镜子里端详了一下，看到自己苍白的面孔、病态浮肿的皮肉、敞着的法兰绒旧晨衣……一个老妇人，老女人，我的上帝！……

"奶妈。"她突然喊了一声。

她从来没有这样喊过她。塔季扬娜·伊万诺夫娜默默地从一件家具晃到另一件家具跟前，把东西一样样收拾好，朝她转过身，目光有些迷茫和诧异。

"夫人？"

"我们都老了，是吗，我可怜的人儿？但你，你没有变化。看着你还有点安慰……不，真的，你没有变化。"

"像我这样的年龄不到棺材里是不会有变化的了。"塔季扬娜·伊万诺夫娜带着一丝浅浅的微笑说道。

叶连娜·瓦西里耶夫娜犹豫了一下，压低嗓音喃喃道：

"你还记得我们在家的时候么？"

老妇人突然红了脸，把颤巍巍的手举到空中。

"当然记得，叶连娜·伊万诺夫娜！……上帝！……我可以说出每样东西摆放的位置！……我可以闭着眼睛走进我们的房子在里面走来走去！……我记得您穿过的每一件裙子、孩子们的每一套衣服，还有家具，还有花园，我的上帝！……"

"镜厅，我的玫瑰色小沙龙……"

"长沙发，当孩子们被带到楼下，你每个冬夜都坐在上面。"

"在这以前呢？在我们结婚以前？……"

"我还能想起您穿的裙子、头发上的钻石……裙子是云纹织锦，镶着故世公主的老式蕾丝花边……啊，我的上帝，露里奇卡不会有同样的……"

她们两个都沉默了。尼古拉·亚历山德罗维奇定定地看着阴暗的院子；他在记忆中又看到了他的妻子，她第一次出现在他面前时的样子，在舞会上，当时她还是叶列茨卡娅公爵夫人，穿着奢华的白锦缎裙子，金黄的头发……他当时是多么爱她……他们一起终老……这已经够好的了……要是这两个女人能闭上嘴……要不是心底存着这些回忆，生活是无法忍受的……他从咬紧的牙缝里挤出几句话，没有回头：

"何必呢？何必呢？都结束了。再也不会回来了。如果别人愿意，就让他们去希望好了……都完了，完了。"他有些气恼地重复道。

叶连娜·瓦西里耶夫娜拉过他的手，把他冰冷的手指抬到自己唇上，就像以前。

"灵魂深处浮起的回忆，时不时……但人们不由自主……是上帝的意志……科连卡，我的朋友……我亲爱的，我们在一起，剩下的……"

她做了个隐晦的手势；他们默默地相互注视着，在彼此苍老的脸上寻找记忆深处旧日的轮廓、旧日的笑靥。

房子幽暗而炎热。叶连娜·瓦西里耶夫娜问道：

"叫辆出租车，今晚随便去什么地方，你愿意么？以前在维尔达弗雷附近有一家小餐厅，在湖边，我们一九〇八年去过的，你记得吗？"

"记得。"

"它现在还在吗？"

"或许吧，"他耸耸肩说，"我们总以为一切都和我们一样毁灭了，不是么？去瞧瞧吧。"

他们站起身，开了电灯。塔季扬娜·伊万诺夫娜站在房间中央，嘟囔着谁也听不懂的话。

"你留在这儿，奶妈？"尼古拉·亚历山德罗维奇随口问了一句。

她仿佛惊醒了，颤抖的嘴唇动了好久，好像费力在找话说。

"我能去哪儿呢？"最后她说道。

最终只剩下她一个人时，她坐在了尤里的照片面前。她的目光注视着它，但其他形象浮现在她脑海，更老的、所有人都淡忘了的回忆。一些已经去世的人的脸庞、半个世纪前的裙子、闲置的房间……她记得尤里第一声尖锐而抱怨的哭叫……"好像他已经知道日后等着他的命运，"她心想，"其他婴儿都不是这样哭叫的……"

然后她坐在窗前，继续补袜子。

七

卡林纳一家在巴黎头几个月的生活是平静的。只是到了秋天，当小安德烈从布列塔尼回来，他考虑要安顿下来的时候，钱开始变得拮据。最后的那点首饰，已经早就卖掉了。他们还有一小笔钱，可以维持两三年……之后呢？有几个俄国人开起了小餐厅、歌舞厅、小商店。卡林纳一家，和其他人一样，用最后的钱买了一家小店，装饰了一下，小店位于一个院子的尽头，在那里，他们开始卖一些他们随身带来的老式餐具，还有蕾丝花边和圣像。一开始，没有任何人买任何东西。十月份得付租金。后来，安德烈不得不被送到尼斯。巴黎的空气让他喘不过气来。他们考虑搬家。有人建议了凡尔赛门附近一套更便宜更亮堂的公寓，但它只有三个房间和一个小得像壁柜的厨房。要让老塔季扬娜住哪儿呢？不能让她的老胳膊老腿爬七楼。眼下，每个月底都要比上个月底更艰难。女佣都走了，一个接着一个，不习惯这些白天睡觉、晚上吃喝、把脏碟脏盘扔在客厅家具上一直摆到第二天的外国人。

塔季扬娜·伊万诺夫娜试着做点小活计，洗洗衣服，但她变得虚弱，苍老的手已经没有力气抬起重重的法式床垫和湿衣服了。

孩子们现在变得时时刻刻都懒散而暴躁，斥责她，打发她："放下，走开。你把什么都弄乱了。你把什么都打碎了。"她一言不发地走开。此外，她看上去像没听到这些话似的。她几小时几小时地坐在那里一动不动，两手交叉放在膝盖上，默默地注视着。她的背驼了，人好像弯成了两截，皮肤苍白松弛，眼角处青筋暴起。常常当别人喊她的时候，她不回答，满足于把她干瘪的小嘴巴抿得更紧。但是她的耳朵并不聋。每次一个家乡的名称，哪怕是他们当中的某一个低声带出来的，她都要战栗一下，突然用她虚弱而平静的声音说：

"是的……复活节那天，当纳亚的钟楼烧着的时候，我记得……"或者：

"亭子……当你们走后，风已经把玻璃刮坏了……我不知道现在这一切都怎么样了……"

尔后她再次沉默，看着窗户、白墙和瓦上的天空。

"冬天什么时候才会到来？"她说，"啊，我的上帝，我们已经很久没有看到严寒和冰冻了……这里的秋天可真漫长……在卡里诺夫卡，或许到处已经白皑皑一片，河水都结了冰……您还记得吗？尼古拉·亚历山德罗维奇，当您三四岁的时候，那时我还年轻，你死去的妈妈对我说：'塔季扬娜，看得出你是从北方来的，我的姑娘……下第一场雪的时候，你变得不可理喻……'您记得吗？"

"不记得了。"尼古拉·亚历山德罗维奇慵懒地喃喃道。

"我啊，我还记得，很快，"她嘟囔道，"就只有我一个人还记得……"

卡林纳一家人都不答话。他们各自有各自的回忆，各自的体会和忧伤。一天，尼古拉·亚历山德罗维奇说：

"这里的冬天不像我们那儿的。"

她颤抖了。

"怎么会？尼古拉·亚历山德罗维奇？"

"你很快就会看到了。"他喃喃道。

她愣愣地看着他，沉默了。她眼中一抹奇怪的神情，带着不信任和迷茫，第一次让他感到震惊。

"怎么啦，我的老妈妈？"他柔声问道。

她没有回答。何必呢？

每天，她都看日历，看着十月的开始，久久地观察着瓦沿，但雪一直没有下。她只看到深色的瓦，雨水，颤抖的秋天的枯叶。

她现在每天都独自一人。尼古拉·亚历山德罗维奇在城里兜售小商店里的古董、首饰；他们成功地卖出去一些旧货又买进一些。

以前，尼古拉·亚历山德罗维奇拥有成套的贵重瓷器和雕镂盘子的收藏。现在，时不时地，走在傍晚回家路上，沿着香榭丽舍大街，手臂下夹着一个包裹，有时候他会忘记他所做的工作不是为了他的家，而是为了他自己。他走得很快，呼吸着巴黎的气息，看着暮色和闪耀的灯光，几乎是幸福的，心里满是宁静的忧伤。

露露在一家时装店里找了一份模特的工作。生活不可思议地重组了。他们很晚才回来，疲惫不堪，从街上，从他们的工作中带回某种在一段时间里还能让他们欢笑、闲谈的兴致，但慢慢地，阴暗的住所和沉默的老妇人渐渐冷却了他们的情绪。他们飞快地用完晚餐，各自躺下去睡，没有梦，被一天的劳累弄得昏昏沉沉。

八

十月过去，十一月的雨水开始了。从早到晚都能听到阵雨敲打在院子里的碎石子上四处飞溅。在公寓里，空气闷热沉重。当夜里暖气停了，屋外的潮湿就从地板的缝隙里渗进来。凄苦的秋风在熄掉的壁炉的铁挡板下吹着。

在空荡荡的公寓，塔季扬娜·伊万诺夫娜几小时几小时坐在窗前，看着雨落下来，大滴大滴的雨水在玻璃上如泪水流淌。从一间厨房到另一间，在一模一样的菜橱子上面，两枚钉子之间拉了一条绷紧的细绳，上面晾着抹布，女佣们相互打趣、抱怨，飞快地说着她听不懂的语言。四点左右，孩子们放学回来。钢琴声一起奏响，在餐厅的每张桌子上，亮起一模一样的灯。人们拉上窗帘，她不再听到别的声响，除了雨声和街道隐隐的喧闹。

他们是怎么生活的，所有这些关在黑屋子里的人们？雪什么时候到来？

十一月过去了，然后十二月头几个星期稍稍冷一些。雾气，烟尘，被河水带走的最后几片残败的落叶……之后是圣诞节。十二月二十四日，在桌子一角迅速吃完一顿清淡的晚餐后，卡林纳一家都到朋友家过圣诞夜去了。塔季扬娜·伊万诺夫娜帮他们穿戴。当他们出去前和她道再见的时候，看到他们衣着光鲜，和以前一样，尼古拉·亚历山德罗维奇穿着礼服，她开心了一会儿。她微笑着看着露露，看她白色的裙子，长长的辫子卷在脖子上。

"去吧，露里奇卡，今晚你会找到一个未婚夫的，上帝会保佑的。"

露露默默地耸了耸肩膀，任她吻了吻自己没吱声，然后他们就出去了。安德烈在巴黎过圣诞节。他穿着制服，蓝色的小西装短裤，他上学的尼斯中学的帽子。他好像更高大结实了，已经有了在法国出生、长大的男孩子特有的又快又急的说话方式，还有口音、手势和俚语。他当晚是第一次和父母一起出门做客。他笑着，哼着歌。塔季扬娜·伊万诺夫娜趴在窗户上，目送他出去，他走在最前面，雀跃着跳过一摊摊积水。大门又沉闷地撞上了。塔季扬娜·伊万诺夫娜又一个人了。她叹了口气。尽管是冬季，风柔柔的，夹杂着细细的雨珠，吹在她的脸上。她抬起头，不自觉地望天。在屋瓦间难得看到露出一角阴郁的天空，一线奇怪的红色，好像是从里面烧着了似的。在房子里，不同的楼层响着不协调的留声机的乐声。

塔季扬娜·伊万诺夫娜喃喃道："在我们那儿……"然后沉默了。何必呢？很久以前就完了……一切都完了，死了……

她关上窗，回到公寓。她抬起头，用力吸了口气，带着不安和惊慌的神色。这些低矮的天花板让她喘不过气来。卡里诺夫卡……大房子，宽敞的窗户，空气和光线涌进来，露台、客厅、长廊，节日的夜晚可以从容地安排下五十名乐师。她回想起当基里尔和尤里出发的那个圣诞夜……她以为又听到了他们那天夜里演奏的华尔兹舞曲……四年过去了……她仿佛又看见月夜下亮晶晶的冰柱。"要是我还没老得厉害，"她想，"我真愿意走一遭……但一切都不一样了……不，不，"她含糊地嘀咕着，"不一样了……"雪……当她看到它落下来，一切就会结束……她会忘了一切。她会躺下来永远地闭上眼睛。"我能一直活到那一天么?"她喃喃道。

不自觉地,她拿起椅子上的衣服,把它们叠好。最近以来,她好像到处都看到一层细细的、均匀的灰尘从天花板上掉下来落得到处都是。这是从秋天开始的,夜晚降临得早了,而人们为了节约用电推迟点灯的时间。她不停地擦拭、抖动着衣物;灰尘扬起来,但很快就落在不远的地方,像细细的灰烬。

她捡起衣物,刷一刷,带着迟钝而痛苦的神情嘟囔道:

"这是什么?这到底是什么?"

突然她停下来,看着周围的一切。有时候,她不明白自己为什么在那儿,游荡在这些逼仄的房间里。她把手捂在心口,叹息着。屋子里又闷又热,暖气因为圣诞夜的缘故特地开着,弥散着刚刷过油漆的味道。她想把它们关掉,但她从来不知道是怎么操作的。她徒劳地转了转扳手,放弃了。她再次打开窗。院子另一边的公寓亮着灯,给房间投进一方亮光。

"在我们那儿,"她想,"在我们那儿,现在……"

森林结冰了。她闭上眼睛,真真切切地看到深深的积雪,远处村子里闪烁的灯火,花园林间空地上的河流,明晃晃的,像铁一样坚硬。

她一动不动,紧紧地贴着窗子,习惯地拉了拉散落的头发上的披巾。外面下着绵绵细雨;亮晶晶的雨滴被一阵风猛地吹过来,湿了她的脸庞。她颤抖了一下,把陈旧的黑色头巾的两襟扯得更紧了。她的耳朵嗡鸣着,有时好像有巨响穿过,就像撞大钟的声音一样。她的头,她浑身都不舒服。

她离开客厅,走进她的小房间,在走廊的尽头,躺下来。

上床之前,她跪下来,做了祈祷。她在胸口划了十字,俯下额头碰到地板，和每天晚上一样。但今晚她嘴唇上说出来的话含含糊糊的，她停下来，带着某种惊愕的神情盯着圣像下面燃烧着的小火焰。

她躺下来，闭上眼睛。她睡不着，她不由自主地听到家具发出的轻响，餐厅里挂钟的声音，就像寂静中时间的声音敲响前临终人的呻吟，在她的楼上楼下，这个圣诞夜里，所有的留声机都唱着。有人上楼，有人下楼，穿过院子，出去。时刻听到有人喊："请开门！"大门开开关关的沉闷的回声和走在空旷街道上渐远的脚步声。出租车疾驶而过。一个沙哑的声音在喊院子里的门房。

塔季扬娜·伊万诺夫娜叹息着把枕头上沉重的脑袋转到另一边。她听到钟敲响十一点，然后是午夜。她睡着了几次，又醒过来。每次当她就要失去知觉的时候，她总是梦到卡里诺夫卡的房子，但画面马上就消隐了，她赶紧闭上眼好再次捕捉到它。但每一次都有某个细节不对。有时，是石头雅致的黄色变成了干涸的血红色，或者房子跟瞎了一样，全用墙堵上，窗户不见了。然而她听到结冰的杉树枝条在风中摇晃的细微声响，带着冰凌轻敲的声音。

突然，梦的内容变了。她看到自己站在空房子面前，房门开着。那是一个秋日，佣人们来生炉子的时候。她在楼下，站着，独自一人。她在梦中看到荒凉的房子，空荡荡的房间，就像她抛下它们离开时候的样子，地毯卷起来放在墙边。她上楼，所有的门都在穿堂风的吹拂下开开关关，发出奇怪的呻吟声。她走过去，赶紧地，好像生怕迟到了。她看到一排大房间，所有的房间都敞开着，空荡荡的，地上扔着一些风不时吹起的包装纸和旧报纸。

最后她走进孩子们的房间。和其他房间一样它也是空的，她一直走到收起来的安德烈的小床面前，在她梦中，她感到一阵惊愕：她记得她亲自把床收到房间的一个角落去了，垫子也卷起来了的。在窗前，尤里坐在地上，苍白、消瘦，穿着士兵的军装，就像最后那天一样，玩着旧年的羊跖骨①，和他小时候一样耍着。她知道他已经死了，但看到他还是让她喜出望外，以至于她衰竭苍老的心开始剧烈地跳动，几乎让她感到难受；胸口好像挨了几记闷棍。她还有时间看到自己朝他跑去，穿过积满灰尘的地板，地板在她脚下咯吱咯吱地响着，就像过去一样，就在她碰到他的那一瞬间，她醒了。

太晚了。天亮了。

---

① 一种小孩游戏时玩的小骨头。

九

她呻吟着醒来，一动不动地呆了一会儿，仰天躺着，惊愕地盯着明亮的窗户。白色的浓雾弥漫在院子里，在她疲惫的眼中，就像下雪一样，仿佛秋天的第一场雪，又密又看不清，一种暗淡的光线蔓延开来，透着冰冷的白光。

她双手合十，喃喃道：

"第一场雪……"

她久久地凝望着，带着孩子般沉醉的神情，又有点惊恐、不知所措。公寓里静悄悄的。或许，还没有人回来。她起身，穿上衣服。她的目光没有离开窗户，以为落下来的雪就像鸟的羽毛一样在空中飞速地飘逝。有一会儿，她似乎听到一扇门关上的声音。或许卡林纳一家已经回来了，正熟睡着？……但她想的不是他们。她仿佛感到雪花压在她脸上，带着冰和火的味道。她穿上大衣，匆匆把头巾往头上一搭，在脖子上一扣，像盲人一样，机械地在桌上摸钥匙串，她在卡里诺夫卡出门时随身带的那串。她什么也没有找到，她焦躁地摸索着，却忘了自己到底想找什么，不耐烦地把眼镜盒、刚开始织的毛衣、尤里孩子时的照片扔到一边……

好像有谁在等着她。奇异的狂热在她的血液里燃烧。

她打开一个柜子，让柜门敞着，抽屉开着。一个衣架掉下来。她犹豫了一下，耸耸肩，好像她没有时间可浪费，随后飞快地出了门。她穿过公寓，下了楼梯，踩着急促而悄无声息的碎步。

一到外面,她停住了。冰冷的雾弥漫了白茫茫的院子,浓厚,慢慢地从地上升起,就像一阵青烟。细细的水珠刺着她的脸,好像雪的冰凌,仿佛它们半化了落下来和九月的雨水混在一起。

在她身后,两个穿礼服的男人出了门,奇怪地看了看她。她跟着他们,从弹回来半开的门里溜了出去,门撞在她背上,发出一声沉闷的呻吟。

她在街上,一条黑色荒凉的街道;透过雨,一盏街灯亮着。雾散了。开始下冰凉的细雨;石子路和墙壁微微泛着幽光。一个男人走过,湿鞋底带起来的水四溅开来;一条狗穿过街道,急匆匆地,走到老妇人跟前,嗅了嗅,待在她的脚边,发出哀怨不安的低嚎。它跟着她走了一会儿,之后就不管她了。

她走远了,看到一个广场,其他的街道。一辆出租车擦身而过,那么近,泥水都溅到她脸上了。她好像什么都没看到。她笔直地向前走去,在湿漉漉的石子路上踉跄地走着。有时候,她再次感到疲惫,累得两条腿好像都要被身子的重量压弯了,要陷到地里去了。她抬起头,看着塞纳河那边亮起的早晨,在街道的尽头一角白色的天空。在她眼中,那成了一片和苏哈列沃一样的雪原。她走得更快了,被刮在眼皮上的某种火热的雨水照亮了。她的耳中响起了钟声。

有一会儿,一道理智的光芒又回到她的脑海;她清楚地看到渐渐消散的雾气和云烟,然后一切又过去了;她重新开始行走,不安而慵懒,佝偻着身子。最终她到了河边。

塞纳河水位很高,齐着河岸;太阳升起来了,地平线被纯净而明亮的光芒照得一片雪白。老妇人走近护堤,定睛看着这片明亮的天空。在她脚下，石头上挖出一级小台阶；她抓住栏杆，用冰冷颤抖的手紧紧地抓着，走了下去。在最后几级台阶上，河水流淌着。她没有看见它。"河水结冰了，"她想，"在这个季节它应该结冰了……"

她觉得只要她渡过河，河的那岸就是卡里诺夫卡。她透过雪看到露台的光线在闪耀。

但当她走到下面，河水的气味最终让她吃了一惊。她突然做了一个错愕生气的动作，停了一秒钟，然后继续走下去，尽管河水漫过她的鞋子，把裙子浸得沉甸甸的。直到她半个身子都走到塞纳河中的时候，她才完全清醒过来。她感到冷得刺骨，想叫喊，但只来得及在胸口画个十字，手臂举起又落下：她死了。

小小的尸体漂了一会儿，像一包破布，被幽暗的塞纳河逮住了，在消失之前。

库里洛夫事件

尼斯一家咖啡店的露台上，客人寥寥无几。两个男人被温暖的红色火焰所吸引，走来围坐在小火盆边。

这是一个秋日的黄昏。与世界上其他地方相比，这里格外凄冷。"跟巴黎的天似的……"一个女子路过，指着天边昏黄的云朵说道。云朵被风儿吹得直跑。顷刻间，大雨倾盆。此时街上的路灯还未点亮，空荡荡的街道显得愈加幽暗。露天咖啡座的顶棚积满了雨水，有几处还向下漏着雨滴。

两个男人中，一个是莱昂·M，另一个则是跟踪他而来，尾随他进入咖啡店的。此人偷偷盯着他，似乎想要努力认出他来。两人以相同的姿势把身子倾向温暖的火盆。

咖啡店里传出嘈杂的声音，说话声夹杂着呼喊声；台球的撞击声、餐盘碰到木桌的声音、棋子在棋盘上的滚动声，时而被小乐队刺耳的号声所掩盖。

莱昂·M直起脖子，把长长的灰色羊毛围巾系得更紧了；对面的男人压低声音问道：

"是马塞尔·勒格朗？"

话音未落，街边的球形路灯突然点亮，照亮了咖啡店门和露台。这突如其来的光明刺得莱昂·M转过头去，眯起了眼睛。

男人重复了一遍：

"是马塞尔·勒格朗吗？"

大概是刚刚经过灯泡的电流太强，灯光暗了下去；亮光抖动几下，仿佛露天放置的蜡烛那摇曳的火焰一般；很快灯光又恢复了生气，狠狠地照亮了莱昂·M的面孔，突现出他弯曲的肩膀、细弱的手腕和瘦骨嶙峋的双手。

"您曾经负责库里洛夫行动？在一九〇三年？"

"一九〇三年？"M慢悠悠地重复。

他歪歪头，轻声吹个口哨，一副厌倦、嘲讽的表情，俨然一个小心谨慎的老家伙。

坐在M对面的男人六十五岁，灰头土脸，面露疲态，上嘴唇不时抽搐，浓密的胡髭随着抽搐翘起。曾经的黄色胡子现在已成白须，遮住了他苍白的嘴唇。这副怪样叫人心生怜悯。他的眼神犀利多疑，灵活的眼睛突然一亮，但很快又恢复了常态。

M耸了耸肩，终于开了口：

"无可奉告。我不认识您。现在，我的记性太糟糕了……"

"您不记得了？那个时候，我是保护库里洛夫的警察，跟踪过您的，一天夜里，在高加索？……"

"跟踪失败了。我记起来了。"M说。

M轻轻搓着手取暖。他约摸五十出头，看起来却更加苍老，更加病态。他胸脯窄小，面色暗灰，嘴形怪异却又不失美感。一口破牙，坏的坏，断的断。一绺白发划过前额。他两眼深陷，犹如燃烧的阴郁火焰。

对面的男人小声问道：

"来根烟？……勒格朗先生，您住在尼斯？"

"嗯。"

"金盆洗手了？如果您允许我这么说。"

"您可以……"

M拿着点燃的香烟叹了口气。他一口未吸，只是眼睁睁地看着香烟在两指之间燃尽。他把烟头扔到地上,用脚跟踩了又踩。

"很久了。"他终于说道,脸上露出一丝微笑,常人难以察觉的微笑。"事情过去太久了……"

"是啊……当初恐怖袭击之后,您被逮捕,负责调查您的正是我……"

"哦,是嘛?"M漠然地咕哝。

"我至今没有查出您的真名,我们的探员没有一个认识您,无论在俄国还是国外。请满足我的好奇吧!事到如今您说出来也没有任何关系。请告诉我,您是恐怖组织的负责人之一?在瑞士,一九〇五年以前?"

"我从来没有当过恐怖组织的头,不过是个下属而已。"

"是这样?"

M低下头微笑着,一脸疲惫。

"正是如此,我亲爱的先生……"

"那么之后呢?……一九一七年,还有一九一七年以后?……我没弄错,您混得还不错吧?……"

他似乎想在脑中搜寻一个合适的词来回答这个问题;最后他微微笑了,露出又尖又长的牙齿,在苍白的双唇间闪光。

"在锅里,"他说,同时两手在空中画出锅子的形状,"我的意思是……至少在表面?……"

"对……在表面……"

"契卡?①"

"亲爱的先生,我什么都做一点。那样的困难时期,谁不想

---

① 契卡,苏联秘密警察,全名为"全俄肃清反革命和消除怠工特别委员会"。

伸手分到块蛋糕。"

他弯曲的细手指有节奏地敲击着大理石桌面。

"您不愿告诉我您的名字?"男人笑着问,"实话告诉您,现在我也是个拿着年金安享晚年的人。仅仅是好奇心的驱使,职业习惯,可以这么说。"

M慢吞吞地竖起大衣领子,将围巾拉紧,动作一如既往地谨慎。

"我可不相信。"他笑着说道,笑容被咳嗽打断了,"人们总是对自己的初恋念念不忘。而且现在,我的名字对你来说毫无意义……所有人都忘了,早就忘了。"

"您有没有结过婚?"

"没有。我保持着革命者健康的老传统。"M说。他又笑了;他无意识地微笑,嘴角深深拗进去两个洞。他用两指夹住一块奶油圆蛋糕,慢悠悠地吃着,一面扬起眉毛说:

"那么您呢?您叫什么,亲爱的先生?"

"我嘛……没什么神秘的……巴拉诺夫……伊万·伊万尼奇……十年时间,我一直跟随沙皇陛下……还有库里洛夫。"

"哦?是这样?"

M厌倦的微笑第一次消失了,眼神终于从店门前的蜡像上挪开。这些蜡像被照得亮堂堂的,在空旷的街道上静静地淋着雨。他时而轻咳,抬起头,一双深陷的眼睛望向巴拉诺夫:

"他的家人怎么样了?您知道吗?"

"夫人在'人革命'期间被枪杀了。孩子应该还活着。可怜的库里洛夫……记得吗?人们总叫他'抹香鲸'。"

"残忍贪婪的抹香鲸。"M说。

他捏碎了手中剩余的蛋糕，试图站起来。然而外面的大雨下个不停，雨水落在碎石路面上，光芒四溅。于是他又重重地坐下。

"您当时就干掉他了。"巴拉诺夫说，"您的暗杀名单上一共有多少人？"

"那时候？还是之后？"

"一共。"巴拉诺夫重复。

M耸耸肩：

"说实在的，您还记得有个男孩曾经来见我吗？有一天，在俄国……他为一份美国报纸做调查……他问我自从掌握领导权，一共杀了多少人。这个单纯的孩子见我犹豫不决便问：'您，还能记得起来吗？'他是个玫瑰色头发的小犹太人，名字叫布鲁门塔尔，为《芝加哥法庭报》工作。"

他抬手叫来正穿过露天咖啡座的服务生。

"帮我叫辆车。"

车在咖啡座前停靠下来。

他站起身，向巴拉诺夫伸出手。

"这样的重逢真是滑稽……"

"滑稽透了……"

M猛然笑了，用俄语说：

"嗯……事实上……多少人死了？……'在我们的祈祷下'？……在我们的照顾下？……"

"呸！"巴拉诺夫耸耸肩，"就我，小兵一个。我才不在乎。"

"那是自然。"M毫不在意地回答。他小心翼翼地打开硕大的黑色雨伞，用火盆的火焰点燃一支烟。瞬间的强烈光辉映亮了他微斜的脸孔,深陷的颊骨呈现出土黄色,一双大眼睛阴暗而忧郁。像往常一样,他没有吸一口烟,只是满足于闻着烟的香味,半闭眼睛,然后将烟扔掉。他用手指碰了碰礼帽道别,然后离开了。

一九三二年三月,莱昂·M在尼斯他度过晚年的房子里去世。

在他的藏书中,人们发现了一块黑色皮制的小方巾,里面包裹着订在一起的几十页纸,纸上的字均用打字机打出。封面上用铅笔写着:

库里洛夫事件

一

一九三一年，尼斯

一九〇三年，革命委员会命我"肃清"库里洛夫。这个词是过去我们常常使用的……此次行动虽然只是阶段性地与我的一生相联系，不过在自传的开头，这次行动自然地浮现在我的脑海里，它构成了我革命生涯的最初阶段，尽管之后我改变了阵营。

从此次行动到我掌握权力，十四年的光阴逝去，一半时间在监狱，一半时间被放逐。十月革命随即爆发（"狂飙突进时期"①……），我再次被流放。

五十年的时间，我都在永不停歇的逃亡中度过，我不能因此埋怨行动给我带来如此命运……但是它的影响确是长久的……尾声也拖了太久。

我生于一八八一年三月十二日，一个西伯利亚不知名的小村庄，勒拿河畔。父母均是政治流放犯。他们的名字曾经红极一时，现在早已被人遗忘：维多利亚·萨勒特夫科和恐怖主义者M——马克西姆·达维多维奇·M。

父亲对我来说比较陌生：苦役、放逐，并不利于家人的亲近。他是个大高个，眼睛细长有神，黑眼圈，瘦骨嶙峋的大手，细弱的手腕……他话不多，脸上总是挂着尖刻忧郁的微笑。最后一次他被逮捕时，我还是个孩子。他和我吻别，看我的眼神出奇地讽刺，嘴角翘一下，像是故意摆出个微笑。他走出房间，又回

---

① 原文为德文。

来拿他忘记了的香烟，随即在我的生命中永远消失了。他死在监狱里的时候刚好跟我现在的年龄相同。他所在的皮埃尔-保罗堡的小牢房，曾经在秋天的洪水期被涅瓦河水淹没过。

他被捕之后，我跟着母亲移居日内瓦。对于她，我记得更清楚些。她是一八九一年春天死的。一个苗条瘦弱的女人，绑着浅色发绳，戴着夹鼻眼镜……典型的八十年代知识分子模样……我还记得她被释放后从西伯利亚归来的路上的情景。那时我六岁，弟弟刚出生。

她把弟弟抱在臂弯里，但是不贴着她的胸脯。她的动作异常笨拙，就像要把弟弟抱给地面的石头；她听着弟弟饥饿的啼哭，不停地颤抖。换尿布的时候，我又看到了她在襁褓和别针之间打颤的双手。她的手很漂亮，纤细而柔软。十六岁时，她曾一枪干掉在她面前虐待老婆婆的维亚特卡市警察局长。这位老婆婆遭到政治拘禁，被警察局长逼着带病走在俄国的炎炎夏日里，死时的惨状不忍目睹。

在我懂事之前，她便向我讲述了这一切，像是急于告诉我一样……

我记得当时听故事时有种莫名的感觉。我记得她的声音，洪亮而尖锐，和我平时听到的耐心或慵懒的声音截然不同：

"我等着被裁决。我把自己的死看作与这个血泪世界对抗的宣誓。"

她稍作停顿，压低声音说：

"你明白吗，罗格纳①？"

---

① 疑为莱昂·M 的真名或小名。

她面容举止沉着冷静,只有双颊微微发红。她并不等我回答。弟弟又哭了。她叹着气站起身来,抱起弟弟,又将他捧在手上,就像捧着个重包袱。然后她丢下我们,回去写她的密码信。

在日内瓦,她是瑞士一个恐怖主义委员会的负责人。这个委员会在我母亲死后一直照顾抚养我长大。

我们拿组织的援款和她教授英语、意大利语挣的钱维持生计;春天一到,冬天的衣服就被送去典当行,秋天一来,夏天的衣服又被拿去当掉……总之,就是这样一副贫穷的景象。

她又高又瘦,三十岁就像老女人一样年老色衰了,拱起的双肩压迫着她柔弱的胸脯。她患上了肺结核,右肺完全坏死,可是她却说:

"那些可怜的工人还在工厂里吐着鲜血,我怎能先顾着自己呢?"(那一辈的革命者都爱这么说……)

她甚至不把我们送到别处生活。工人阶级的孩子就不会被自己母亲的疾病传染吗?

然而在我的印象里,她从不拥抱亲吻我们。或许也因为我们本身就是那种阴郁冷酷的孩子,至少我是这样……除非偶尔她疲惫至极,才会一面叹着气,一面摸一下我们的头。

她修长的脸孔毫无血色,牙齿发黄,夹鼻眼镜后面的眼睛眨个不停。纤细的双手在做家务上却无比笨拙,既不会缝纫,也不会做菜,总是不停地写信、译码、改装护照……我本以为自己早已将她的容貌遗忘(时间过了太久),可是现在,她的样子又在我脑中渐渐成形。

每月两到三次,她会在夜里带着几包革命宣传册和炸药穿过雷蒙湖①,从瑞士进入法国国境。她总是带上我,锻炼我在危险中的生存能力,为将来做准备,这是"代代相传的革命传统",也因为我年纪小,容易取得海关人员的信任,又或许是因为我的两个弟弟都死了,所以她不愿把我单独留在旅馆里面;就跟爱享受生活的资产阶级母亲去电影院看电影也要带上孩子一个道理。晚上,我就睡在甲板上,而且往往是在冬天;浓雾笼罩在幽静的湖面上,夜晚寒冷刺骨。到了法国,母亲把我丢在一户姓波德的农夫家,过几个小时才会回来。波德一家住在湖畔的小屋里,家里有六七个小孩;我还能记起一帮满脸通红的小农夫,壮壮的,傻傻的。我喝着滚烫的咖啡,吃着热腾腾的面包和栗子。温暖的炉火、香气扑鼻的咖啡、吵吵闹闹的孩子们……波德家的房子在我的眼里就像人间天堂。他家拥有一个露台,那种架在湖上的木制大露台,冬日里铺满了积雪和脆脆的薄冰……

其实我有两个弟弟,都死了。他们和我一样,也在某间旅馆的房间里孤零零地待过。但是,他们死了,一个两岁,一个三岁。

我记忆犹新的是第二个弟弟死去的那个夜晚。他可是个漂亮的小宝宝,金色的头发,长得很结实。

母亲直挺挺地站着,在黑色木制老床的床尾。她举着根蜡烛,凝望奄奄一息的孩子。我坐在她旁边的地上,看着她疲惫的面容被烛光照得清清楚楚。弟弟抽搐几下,转过头来,一脸的惊异和疲惫,随即离开了人世。母亲一动不动;只有护着烛火的手在颤抖。最后,她发现了我,张口想说什么(大概想说:"罗格

---

① 即日内瓦湖。

纳，死亡只是自然现象而已……"）但是她的嘴唇因为感伤而僵住了，没有吐出一个字。她让死去的弟弟靠在枕头上，牵着我的手把我带到了邻居家。我还记得：寂静、黑夜、她苍白的脸、白色短睡衣、散乱的金发——这一切就像模糊的梦境。没过多久，她自己也死了。

那时我十岁。我从她那里遗传了肺结核基因。革命委员会把我安置在施旺医生的疗养院。施旺医生原籍俄国，拥有瑞士国籍，是组织的负责人之一。他在谢尔①附近的蒙特拥有一个结核病疗养院，有二十个床位。就是在那儿，我活了下来。

蒙特是蒙塔纳②和谢尔之间一个阴森的小村庄，被黑黢黢的冷杉压抑，为阴郁的大山所包围。也许只有我感觉如此……

整整两年，我像被钉在长椅上一样，从未离开晒台一步，眼前看到的世界只有冷杉的树梢，还有湖对面和我住的房子同样的玻璃罩顶，在傍晚反射着夕阳。

过了一些时日，我可以走出房子了。我下到村庄，在惟一能走的路上与缠着披巾的肺病病人擦肩而过，和他们一样喘着粗气爬坡子，走走停停，像他们一样数着路旁的冷杉，厌恶地盯着把我包围得密不透风的群山。多少年后，我仍然会想起这一切，似乎还能闻到疗养院的味道——消毒剂和漆布清爽的味道，似乎还能听到，在梦中，那焚风③的灵动，秋天的干风穿越森林的声音。

我在施旺医生的帮助下学会了几国语言，并且掌握了医术。

---

① 谢尔，瑞士小城。
② 蒙塔纳，瑞士小城。
③ 瑞士等地春秋季刮的一种干热风。

我对医学似乎有种特殊的喜好。身体一恢复健康，我就被委派了各种任务，为瑞士和法国的革命委员会工作。

我一出生就注定属于党……

二

我开始做这些记录，是为将来我或许会写的自传做准备。时间是漫长的，必须以这样或那样的法子打发死前的日子。但是在这里，我停下不写是因为，正像勇敢的何赫尔兹所说，"要真诚而又感人地讲述革命者的成长是很微妙的"，我一直记得他的话……至于我的传奇故事，"莱昂·M的传奇"在十月革命的名人故事中还是占有一席之地的，所以或许还是保证其完整性比较好。作为流亡者之子，我在革命口号、革命著作和革命榜样的熏陶下长大，却缺乏革命热情和革命力量。

当我的革命战友住在日内瓦时，我总是向往地听他们诉说自己的年轻时代。其中有一个三十岁的男孩，洋洋得意地说起他发起的十四次恐怖袭击，四次成功：这四次，他在大街上残忍却冷静地完成了刺杀任务。他红棕色头发，面无血色，苍白的双手纤细小巧，微微汗湿。在一个十二月的夜里，我们从委员会回来，穿过日内瓦静谧冰冷的街道时，他向我描述了他如何在十六岁从家里逃了出来，如何在莫斯科游荡了十八个日夜。他微笑着说：

"您缺少的经历，就是令您的母亲郁郁而终……还有您没有读过那些不平等的小册子，就像我，在晚上，十五岁的时候，睡在河边，在火光下，五月份……"

他的声音粗糙怪异，话语短小飞快，像喘不上气来似的，有时突然停下，叹着气说：

"好日子呀……"

真是金言玉语……

因为之后，我亲身经历了流放、入狱，见识到了皮埃尔-保罗的地堡、因夏日酷热而臭气熏天的小牢房，这个牢房拘禁了二十五至三十个犯人。我还见到了这座省级监狱巨大阴冷的大厅、关押死刑犯人的堡垒，在此只需将耳朵贴在墙壁的某处，便可听见革命歌声回荡在女犯牢房。

但是，我已经无法以他的价值观来欣赏革命的浪漫之处了。

一部自传？……这么说有些自负……我只想为了自己，为了记住人生的某些时刻，就像过去在国家监狱，我们在狱卒施舍的本子上记录下我们的经历。然而本子一旦被写满故事和回忆，就会立刻被人夺走销毁。

再想想，我会有足够的时间完成这部自传吗？多少年，多少事件已经过去……在真真切切的厌倦感与冷漠感中，我感受到死亡在靠近：党内的论战、运动，一切曾经吸引我的东西都令我疲惫不堪。而我的身体也累了。有种渴望越来越频繁地出现：我想转过身去，面朝墙壁，紧紧闭上双眼，进入沉沉的睡梦中，最甜最美的，最后一个梦。

三

就这样，我生来就属于党。最初的几年，我深信一场社会主义革命在所难免，而且是十分必要的，就像人们要做生意一样合理。在我心中，对个人权利的热爱和我缺乏的对人类某种热情的渴求同样强烈。只有通过社会主义革命，我才能找到我想要的。

我热爱大众，我喜欢人。我住在一个名叫卢里耶的人的房子里，离尼斯不远。房子是白色石块砌成的立方形建筑，周围的花园里没有一棵高过扫帚的树木；房子位于两条大路之间，一条通往摩纳哥，一条通向大海。这里的空气中尘土飞扬，混杂着汽油的味道，成功地摧毁了我养好了的肺部。我独自生活；一位老妇人清晨会来打扫整个屋子仅有的四个空荡荡的小房间，然后给我做好饭菜再离开。不过，生活的音响围绕在我周围，这才是我的所爱，令我满心欢喜：这些路过的人、路过的车、这些有轨电车，还有争吵声、尖叫声、人们的笑声……隐约可见的人影、陌生的面孔、话语……楼下光秃秃的小花园后面种着六棵灌木，歪歪倒倒、弱不禁风的样子，可能会长成桃树，或是杏树，谁知道呢！有家意大利小酒吧，店里有架机械钢琴，门口藤架下摆着长凳。很多工人——意大利人、法国人常来这里喝酒。

夜晚来临，他们踏上海岸旁边蜿蜒的道路时，我走出屋子，坐在隔开花园和酒吧的小矮墙上，聆听他们，观察他们。

我看见油灯照亮小广场，白光在他们脸上游戏。他们很迟才离开。后半个夜晚过得就更快了。幸好我总是咳嗽，不到清晨是睡不着的。待在墙头看花看海？我痛恨自然。只有在城市，我才感到幸福。这些肮脏丑恶的城市里，房屋挤满了人，夏天酷热的街道上，不断有疲惫的身躯和陌生的面孔经过。当最后几辆汽车沿着海滨大道从蒙特卡洛开回之后，孤独和寂静复始，这几个小时是最难打发的。病情加重之后，我便被回忆完全吞没了。过去我还有工作，可是现在，我的工作已经完结。

就这样，在十八岁时我的革命生涯开始了；我在法国南部负责过几次行动，之后也在巴黎待过。一九〇三年，委员会派我去俄国，命我处决国民教育大臣。正是在此之后，我脱离了组织的恐怖主义派别，与T联起手来。库里洛夫事件之后，我曾被判处死刑。但在行刑前几天，皇室继承人阿列克谢①出世了，天下大赦，我也因此获救。我的处罚减轻为无期苦役。得知这一恩典的时候，我从骨子里感到漠然，除此之外，我不记得还有其他感觉。另外，我病了，大口地咳血。我觉得自己必定会死在去西伯利亚的半道上。可是，不要相信自己能生，正如不要相信自己会死一样。

我活了下来，在西伯利亚的苦役监狱，我恢复了健康。越狱成功时，一九〇五年的革命已经爆发。

一九〇五年开始革命的几个月里，我常常累到昏厥在地，晚上睡得如死猪一般。那时的回忆倒很是美好。

我陪同R和L去工厂，组织工人集会。我说话的声音总是尖刺难听，衰弱的肺部不允许我长时间大声说话。而他们俩则无时无刻不在对着工人演说。我走下台去，混在人群之中，给工人解释难懂的地方，给予建议，帮助他们。热烘烘的大厅里烟雾弥

---

① 阿列克谢·罗曼诺夫（1904—1918），沙皇尼古拉二世之子。

漫,他们面孔苍白,双眼闪亮,他们的大声叫喊、愤怒甚至是蠢话,都给我酒足饭饱后的满足和欣喜。我喜欢危险。我爱突如其来的安静,屏住呼吸,脸上露出惊恐的表情。当拿了警察钱的扫院人①走过大街,经过我们窗下时,我每每如此。

漆黑的夜,彼得堡潮湿的夜晚,秋天的寒意初现。工人一个接一个地离开。在雾中,他们宛如一个个幽灵。我们跟在他们后面,也消失了。为了摆脱警察,我们在街上一直走到天亮,才回到我们的庇护所,又脏又暗的小客栈②。

我离开俄国,准备十月革命前夜回来。在我之前写的论战作品和故事里,已经写过这个时期和之后发生的事。

自一九一七年起,我变成了莱昂·M,布尔什维克党人。全世界的报纸里,我都被描述成一个头戴鸭舌帽,口含一把刀的人。在我待了一年的契卡,我谋得一职。不过想要干成这里的活儿,必须带有强烈的个人仇恨,而且不容失败。就凭我……

很奇怪的是,我不仅从不伤害无辜生命,甚至宽恕一些罪人(因为有时,我对一切漠然不觉,那些被关押的犯人便可从中获益),我更厌恶的则是同志中的某些人。比如诺斯特林科,一个歇斯底里的水手,喜欢擅自处决犯人。此人爱哗众取宠,一个大男人还涂脂抹粉。他穿着宽大的工作服,敞开前胸,露出女人一般雪白光滑的胸脯。我看他倒更像个蹩脚演员、酒鬼和同性恋的混合体。还有拉季斯拉斯,驼背波兰人,鲜红的嘴唇下垂,上面布满了旧伤疤。

---

①② 原文为俄文的拉丁拼写。

在我看来，那些将被处决的犯人反倒可以自我安慰，觉得自己面对的是些疯子，是些怪物。可我不同，我只是个寻常人，一个矮小忧伤的男人，常常咳嗽，小塌鼻子上架着夹鼻眼镜，一双手细细小小。

当领导的政策转变后，我被驱逐出组织。自此，我在尼斯附近安顿下来，靠写书、在报纸上登些小文章所得的微薄收入和组织的收入生活。

来尼斯生活纯属巧合：我拿到了某个叫做雅克·卢里耶的人的护照。他因革命谋反罪被判了刑，死在皮埃尔-保罗的小牢房里。他是拉脱维亚犹太人，入了法国国籍。他没有家人，孑然一身，于是顺其自然，他的那座小别墅成了我的财产。我颇有兴趣地在邻居和朋友面前露脸，但是没人记得雅克·卢里耶。我生活在这里，估摸着很快会在这里死去。

房子很小，并不舒适。因为缺钱，卢里耶只把墙砌到半高，根本挡不住外面的景致。

左边有一小块圈地，出售用的，总有山羊跑来啃乱砖碎石里面长的坚硬的香草。右边是座跟我的屋子相同的石砌方屋，被刷成了玫瑰色，每年都租给不同的夫妻居住。从尼斯通往蒙特卡洛的大道经过屋后；下方有座高架桥，可以远远望见大海。屋子还算清爽明亮。

我就这样过我的日子，可有时，我不晓得这里的宁静究竟可以愉悦心情还是会扼杀我。我常常希望继续工作。凌晨五点，是我在俄国开始一天工作的时刻。在这里，一到五点，我便会从睡梦中惊起，如果我还醒着，内心又会焦躁不安。我摸摸这个，看看那个，翻翻书籍，整整本子。我也像现在这样不停地写。外面天气明朗，旭日东升，玫瑰花散发出美妙的香气。我把一切，甚至我的一生，都献给了我们藏身的那个大厅，十五、二十个人躲在这里。那时是一九一七年，我们已经掌握了领导权。一个大雾弥漫的雪夜，外面风声大作，爆炸声轰鸣，涅瓦河秋季涨水，不时发出低沉的撞击声。电话铃叮铃铃地响个不停。有时我梦想：

"如果我更年轻、更强壮，我就重返俄国，重整旗鼓，这样我会死得更幸福，哪怕死在某间熟悉的小牢房里。"

权力，是压迫在人类命运上的幻影，像烟酒一样容易上瘾，有百害而无一利。一旦失去，便会感到深深的折磨和无尽的痛苦。其他大部分时间，就像我说过的，我对一切都很漠然，待在那儿等死的放松感像波浪一样有规则地拍打着我的内心。我并不痛苦。只有晚上发烧时，身子麻得让我难以忍受。我厌倦了血液单调的流动声，令耳朵嗡嗡作响。这样一直持续到早上。我打开灯，坐在桌前，面对打开的窗，直到太阳终于升起，我才又睡过去。

四

一年一次，瑞士委员会列出一张显贵要人的名单，都是残暴不公的沙俄最高官员，在这一年里要被消灭。我的母亲曾经从属于这一组织。在我那个时候，委员会有二十多个成员。

一九〇三年，俄国的国民教育大臣是瓦列里安·亚历山德罗维奇·库里洛夫，遭世人唾弃。他是波别多诺斯采夫①学院毕业的反动分子，其高智商和残暴冷漠颇为出名，所以受到了沙皇亚历山大三世和涅尔罗德亲王的宠幸。虽然并非出身贵族，可是总摆出一副"比国王还高贵"的架势，极度痛恨革命、蔑视人民，集国家统治阶层的特点于一身。

他又高又胖，说话行动很慢；大学生们戏称他为"抹香鲸"（"残忍贪婪的抹香鲸"），因为他为人残暴，极富野心，在荣誉面前贪婪无比。人民尤其畏惧他。

组织的领导希望他在公众面前被处决，闹得越大越好，给人民留下最深的印象。因此，这项任务比以往困难得多。事实上，像以往的行动仅仅满足于突然袭击、投出炸弹，或是开枪射击是不够的，这次必须谨慎地选择时间和地点。第一次跟我谈起库里洛夫的是施旺医生。我刚认识施旺的时候，他应该有六十岁。他个头很小，瘦弱的身子骨轻飘飘的，像个舞者；他的头发细软而卷曲，完全白了，是一种月光或牛奶般的白色，卷发在前额处高

---

① 波别多诺斯采夫（1827—1907），俄国国务活动家、法律家。1880—1905年任正教院总监，在亚历山大三世王朝颇有影响。有法律史方面的著作。

高翘起。他的小脸棱角分明,紧闭的双唇布满细密的皱纹,透着冷酷,狡猾的鹰钩鼻始终保持紧张,活像个鸟嘴。他是个疯子。但是在我离开之后,他才被正式视为疯子关了起来,死在洛桑。不过当时,我已经本能地对他产生了恐惧和反感。他确实有天分:他是最早给肺结核病人做气胸实验的人之一。他爱毁灭,也爱痊愈。

现在我仿佛还能看到他,看到他坐在我的阳台上,为我缝补粗布衣服的破口子。那时我还是个十二岁的小男孩。月光洒在冷杉林上,厚厚的积雪呈现蓝色,结冰的小湖在黑暗中闪着光芒。施旺医生身穿一件怪异的睡衣,上面印着粉红粉蓝的花枝图案,月光照在他的白发上,反射出一圈光晕。他就这样向我传授恐怖主义教义:

"罗格纳,你看,像他这样一个人,又肥又胖,糟蹋人民的血汗……你笑吧。你想:'等等,老伙计,等等……'他不认识你。你就站在那里,黑暗里。你做个动作……像这样……你抬起手……一颗炸弹,你看,一点都不大;可以藏在披巾里,藏在花束里……嘭!……为了党!老家伙,被炸得七零八碎……"

他小声叽咕,时不时大笑两声。

"他被炸得魂飞魄散……小小的柔弱的灵魂,不知所措[①]……"(他也有爱用拉丁引语的嗜好,和可怜的库里洛夫一样……)

他以古怪的方式交叉手指,像在编辫子;身后微蓝的景致、银色的冷杉、白雪和月光中,他的小钩鼻和紧绷的嘴唇如尖刀一

---

① 原文为拉丁语。

般清晰地突显出来。

他作为组织的负责人之一,往往可以拿到数目相当可观的钱,我从没弄清他是如何拿到的。有些人认为他也是间谍煽事者[①],可我不这么想。

正是他带我去参加了一九〇三年的执行委员会会议。这个冬日的夜晚,寒冷而明亮。我们顺一条齿轨小铁路去洛桑。火车沿途而下,压过轨道两侧盐块般硬脆的冰块,发出嘎吱嘎吱的声响。车厢里只有我们。他裹在领袖穿的长外套里,虽然寒冷,但是和往常一样不戴帽子。

那次,他又窃窃私语般跟我重提了"抹香鲸"。

已经两次了,委员会两次派人暗杀大臣,可是每次我们的人都被逮捕绞死。委员会承认,让俄国人自己实施行动几乎没有成功的可能;警察认识所有的可疑人员,即使乔装改扮,他们也无法长时间隐瞒身份;他们若是被捕,则会牵连其他的组织成员,被一网打尽。

而且长久以来,恐怖主义袭击事件被作为机密,在外国的报刊上从无报道。这次的行动,就像我所说的,必须在人民眼中产生爆炸性效果,如果可能的话,要在外国大使面前、某个公共场所、某个仪式或节日庆典上实施行动。因此,行动困难重重。而我,无论对俄国警方还是俄国革命者来说都是陌生人,我会说俄语,虽然有很重的外国口音,这倒不是坏事,由此看来,我可以轻易拿着瑞士护照潜入俄国。

---

① 原文为"agent provocateur",指表面上为一个团体或人群服务,实质上却是另一个敌对团体或人群的成员,他通过自己的言语行为引发暴力斗争,使自己的团体、人群从中获益。

我听着他的话。多少年后的今天，我已经很难回忆起当时的确切感受。委员会的公正性是有名的，只会判决那些罪有应得的人。而且我深信，自己豁出性命去做的事就像教育大臣本人决定处决还是赦免犯人一样理所当然。最后一点原因，那时我二十二岁，不像现在的我。那时我所认识的世界里，只有那座疗养院和红色山上的阴暗房间。我迫切地渴望感受生活，而且从那时起，我已经爱上了将他人的命运握在手中的感觉，就像抓住一只活生生的小鸟……

我没有回答。我敲敲窗玻璃，一块块雪仍然粘在窗上。我望向窗外。很快，我们接近了平原地带；冷杉林越来越少；远远地可以望见，黑暗中的冷杉树枝上垂下根根冰凌，被伐木工人点燃的火堆照得闪闪发光。

最后，我们终于到达洛桑。就在那晚，委员会成员聚集在了一起。

我认识委员会的所有成员，不过，这是我第一次同时见到他们所有人。其中有卢登、他妻子、罗巴科夫、布罗茨基、朵拉·爱森、列昂尼多夫、何赫尔兹……

他们中的大部分都在之后死了，死得很惨烈。

也有个别人适时放弃了革命。何赫尔兹现在还活着，在法国。我刚到尼斯时，在英国人的游步甲板上见过他一次，他勾着妻子的手臂，牵着一条白色的卷毛小狗；他的模样苍老病态，但是心境平和，俨然一个法国普通小市民。

他与我擦肩而过，没有认出我来。过去，里姆斯基总督将军和博布利诺夫大臣正是死于他的命令之下。

一九〇七年，他本应炸掉沙皇的火车，却因为失误，错把炸弹投到了彼得堡-雅尔塔的列车下面,沙皇和其他皇室成员坐的却是相反方向的列车。这次失误搭上了二十多个无辜性命(我还没有算上受命投掷炸弹却没有时间逃开的人:这种工作处处需要冒险)。

一九〇三年,委员会会议在卢登的房间举行,历时将近一小时。为了不让邻居起疑心,面对窗户的桌子上放满了酒瓶,被灯照得亮亮的。两个女人中的一个时不时会起身去墙角的老钢琴前坐下,弹一曲华尔兹。他们给了我一本护照,名字是马塞尔·勒格朗,生于日内瓦,医学博士。我还拿到了学历证明和一些钱。最后,所有人各回各家,我则回到了旅馆。

五

我异常清晰地记得我过夜的房间。破旧的地毯上被走出一条黄色的路,我在上面踱来踱去直到清晨。洗脸池上一面模糊的小镜子里,映照出黑木家具、绿色墙纸和我苍白不安的脸孔。我记得,我打开了窗,费力地看清一座灰色的小教堂,上面盖着轻薄的雪花。无人的街道,这里那里,亮着忧伤的灯光。我感到莫名地疲惫、感伤。这次行动决定了我党的命运(我要说的不是自己的革命生涯,因为我对此毫无兴趣),在行动完成的前夜,我对自己的存在本身已经漠然视之了。最后,纯净冰冷的空气让我清醒过来。渐渐地,一想到我将离开这个死亡的国度,想到我已经康复,想到前方我的革命生涯在等待,有激情有战斗,还有其他……我便再次被激奋的情绪所包围,和在火车上一样。我在这家旅馆待了几天。

终于一天早上,那是一九○三年一月二十五日,我接到命令出发了。我必须先去基辅,认识一个叫法妮·扎尔特的人,她会随我到斯特拉斯堡,给我帮助。我在离开洛桑时,见到了奇怪的一幕,让我讶异不已。虽然毫无意义,虽然与我之后的生涯毫无关联,但是我没有忘记这一幕,直到现在,还会在梦里重现。

那天白天,我按照计划回蒙特见了施旺医生最后一面。重返洛桑时,我乘上一辆慢吞吞的小火车,走起来呼哧呼哧,每站都停。等我到洛桑该是午夜了。

到达沃韦[①]的时候是晚上十点。车站里空空荡荡,电铃在深

[①] 沃韦,瑞士西部城镇,在日内瓦湖东岸,洛桑和蒙特勒之间,著名的旅游疗养城市。

深的寂静中轻声地叮铃作响。

突然,我对面的月台上出现了一个人影,人影跑进车站,冲向火车头。车走得很慢;这个人似乎想超过火车。我身边的一位女士一声惊叫。我看见他猛然间打起滚来,形成一个圆,就像某些鸟儿滑翔俯冲而下时打着转。他跌倒在地,重新站起,接着跑,再跌倒……这样两次、三次。最后,他倒在地上不再动弹,身子微微抽动。

火车停了下来;车上了解情况的旅客立刻跳下车厢,扶起男子。我看着他们弯腰讯问他。他没有回答,只是无力地摇着手,表示否认。然后他痉挛似的号啕大哭。

人们把他扶到长椅上坐下,看他片刻,然后离开他。火车开动了。我脑中印下了这个男人的形象,一个穿着丧服的胖男人,浓厚的黑色胡髭,头戴黑色毡帽,在一月份寒冷的夜晚,荒无人烟的车站里,孤零零地坐着,一双大手在膝盖处交叉,仿佛绝望到无所留恋。

在这之后,我多次自问,为什么这件事会在我脑中有如此深刻的印象。但是事实是,这个男子的面容伴随我几年之久;消灭"抹香鲸"之后,在梦中,我看见他的脸与"抹香鲸"的脸重合在一起。他们的相貌确实有些形似。

在基辅,我按照地址找到了医学学生法妮·扎尔特。这个矮胖的女孩二十岁,黑色头发垂在两颊,像两只爪子。挺直的长鼻子、有力的嘴、下翻的下唇使整张脸显得顽强而高傲。一双眼睛冷酷无情,我见过的女人中,只有组织里的女人才拥有这样的眼睛(党内第二代女成员,与我母亲近视疲乏的眼神完全不同)。

她是敖德萨一个钟表匠的女儿,哥哥是彼得堡富有的银行家,为她支付学费,但始终与她保持距离。因此,她所痛恨的有产阶级在她脑中有了具体的形象——一个肚皮滚圆的犹太小银行家。三年前,她加入了组织。

她住在基辅一座角楼顶层的大房间里;从房间的窗户向外望,可以看到一头是集市,一头是广场,一条长街穿过广场,延伸到漂亮的金色教堂前。后来我们占领基辅,我想到了这座房子;我在房子里安上机枪;马赫诺①的人一从教堂出来,散开在广场上,便遭到攻击,中弹倒地而亡。

法妮给了我一本护照,是她一个兄弟的:我们约定,马塞尔·勒格朗这个名字只能出现在彼得堡,以此更好地隐藏我的踪迹。

当天晚上我住在她家里。几乎一整天我都独自一人。她在大学上课,晚上才回来做饭。我们聊了起来,更准确地说,是她一个人在说,不断提到判决名单上的名字。

结了冰的广场上雪越积越厚:可以看到警局的人双双走回局里。那时的基辅只是个小省城,阴郁僻静。在这里,我见到了最美的夕阳,灿烂而忧郁。

西边的天空忽然一片血红,腾起紫色的烟雾。不计其数的乌鸦在天上扑腾着翅膀,呱呱的叫声和啪啪的振翅声充斥着我们的

---

① 内斯特·马赫诺(1889—1934),参与了1905年的俄国革命后成为了一名无政府主义者。他曾加入乌克兰革命运动,组织了对抗地主与资本家的革命活动。乌克兰革命起义军在内战期间与布尔什维克结成同盟以对抗共同的敌人并成功击败了他们。而布尔什维克背叛了同盟并侵略了乌克兰,运用了他们大量的上好资源征服了它并开始了对乌克兰的恐怖统治。

耳朵，直到夜幕降临。

从窗户望出去，我们看到的是万家灯火、玻璃窗后面静静的人影，商店里的汽油灯放在地上，灯光颤抖着，光芒中散出阵阵油烟。

我只能见法妮；根据我收到的指示，我不应该认识组织的其他成员。或许在那个时代，日内瓦的领导已经开始怀疑A是叛徒了……

最后我跟法妮一同离开基辅，在复活节前夜到达了彼得堡。

六

我住进了法妮推荐的一间配家具的屋子；房子的所有人是施罗德夫人。她原籍德国，过去经营的约会会所被她改头换面，变成了现在这家旅店。她同时拿着革命组织和警察的双份报酬，因此双方在此都互相宽容，让这个地方变得十分安全。

相当多的流莺女妓常常来此；她们在无意识中成了我们免费的情报员。晚上，她们回涅瓦大街或是夜总会前，总会先聚在施罗德夫人这里；只消在桌上放一瓶伏特加和茶水，她们便会将我们所需的人名、地址和盘托出，毫无觉察，比专业情报员提供的消息更有意义。这些漂亮女人待人亲切、温柔似水，相当可怜。她们骨子里有着反动潜质，和大多数妓女一样，却并未料到自己在两个阵营里所扮演的角色。至少大多数是这样。也有少数人会出于兴趣、忌妒或是风言风语的嗜好有意泄露秘密。

第二天刚好是复活节。到达的当晚，我们便决定第二天去圣伊萨克大教堂，因为根据法妮的情报，库里洛夫会去教堂参加弥撒。这样，我就不用仅靠看他的画像来辨认他了。

这年的耶稣复活日恰好和某位我不记得名字的圣人的纪念日相重合：正是因此，库里洛夫不能像往年一样，在大臣专用的小教堂里做简单的弥撒。

法妮一旦给我指出了库里洛夫，就会马上离开。她是警方怀疑的对象：她的名字与一个地下秘密印刷事件有所牵连。也正是因此，组织拒绝把袭击行动托付给她。这个女人出奇地聪慧，行动敏捷，强烈的热情与持久的压力支撑着她，这种情况我只在女人身上见过，而且往往能促使她们奇迹般地保持耐力和活力。但是，她们会突然倒下，以自杀终结生命，或是投靠敌人、出卖我们。另外，其中很多人都死得很坚决。

那天晚上，法妮还成功地搞到了钱和给自己穿的农妇的破衣烂衫。

我们带上两个圆蛋糕形状、教堂祝圣用的大蜡烛，准备在去大教堂的路上，绕路看看库里洛夫住的大臣府邸。

我望着圣彼得堡城，美得让人迷醉。这年的复活节很迟，到了晚上天空还是亮的。

红色的宫殿、码头和深色的花岗岩房屋清晰可见。我停在大臣府邸前，久久凝望阳台上铁铸的圆柱；石块的深红色与国家建筑相同，红得像染上了干血。高高的栅栏围绕着花园，此时的花园仍旧一毛不拔；透过被砍掉的树枝，我看到铺满细沙的院子和白色大理石楼梯。

我们转回圣伊萨克大教堂的方向。街上挤满了无名之辈，像我们一样手持蜡烛，有的手捧白色餐巾包好的蛋糕。有人在露天搭建的台子上卖糕点。马车慢悠悠地向前走。我们到达了广场。广场上，人群在等待。我看见外交团体的成员、大臣、高级官员、夫人们依次进入教堂。随后，我们也假装成市民，随人流挤了进去。

法妮一直进到教堂深处的僻静角落，在那里，我们可以看到前面几排。香雾缭绕中，我们的太阳穴不时抽动。我注意到，一行人身着舞会装束，仿佛穿云而来，他们的制服闪亮，配着绶带，别着星章。被烛光映成黄色的脸孔像是死人的脸，嘴巴则被深黑的阴影包围。万烛光下，神父唱着颂歌，向我们摇晃香炉。

法妮说：

"左边那排第三个，两个女人中间。一个头上插着鹤望兰，一个穿白裙，年轻的。"

飞腾的香雾中，我的目光搜索到一个身材高大的胖男人，头发和眉毛几乎全白了，浅褐黄的胡子两头尖尖。他面无表情，高傲而冷酷。我观察他许久。他一直像块石头纹丝不动，只有手慢慢抬起，划出十字，粗大的脖子和硕大的脸孔并未因此抖动，睫毛也没有丝毫颤动；黯淡的大眼睛直勾勾地盯着前方的祭台。

法妮一只手紧紧抓着她的红手帕，撑着下巴，也凝视着库里洛夫，两眼放光。这里有上百个警察，有的穿制服，有的穿便衣，但是一看他们生硬的表情、高傲的态度和粗暴的言行，就能认出他们。这些警察隔开了普通民众和耀眼的贵族高官，形成一条分隔带。

热浪袭来，我感觉太阳穴不停地抽搐，我听见自己心脏低沉而无序的跳动声。我们像周围的人一样跪着，教堂里的颂歌仿佛从华丽的拱穹上落下，压在我们头上。

我不再注意库里洛夫；梦幻和兴奋的感觉将我侵蚀；不由自主地，我触摸起面前的铺地石板，像其他农夫一样；大理石板地面升起一阵凉气，潮湿冰冷的气味涌来。

终于，仪式结束了。我们走出教堂；警察分开人群；我看到库里洛夫被一个戴着黑色有国籍标识帽子的人扶着，坐进马车。

神父在教堂内走完三圈；春天明亮的夜晚，可以看到圣像上长长的饰带有气无力地飘动。神甫们带着闪亮的十字架，三次经过我们身边，他们的歌声渐渐消逝在远方。

我们离开人群，沿着涅瓦大街走回住处。像别人一样，我们点燃蜡烛,捧在手上;蜡香在空气中弥漫开来;夜晚那么柔美,没有一丝风,蜡烛高高的透明火焰直直向上。"和平的迹象,幸福的征兆。"我们后面的女人一面说,一面用手保护好明亮的烛火。头顶的天空开始暗淡下去,可是地平线上明亮依旧,飘着红霞,染红了运河,河面上云霞浅浅的影子变幻莫测。

我们再一次路过大臣府邸,栅栏大开着。马车一辆接一辆驶入花园深处。可以清楚地看见窗边身着舞会长裙的女人们,听见沉闷的音乐声。整栋房子灯火通明。

不知为何,我缓缓走在街上,感觉病了(因为香烛的味道和教堂的热气让我恶心发热),这是我第一次,一想起大臣冰冷的脸孔,便产生一种仇恨。我的心里充满了仇恨。

法妮似乎对我的这种感情不以为然。她看看我,冷冷地说:"就这样?"

我耸耸肩,没有回答。

第一次,这个神秘高傲的女孩谈起了她自己,向我讲述了自己的经历。我们坐在河畔岩石凿出的长凳上,涅瓦河的河风迎面而来,带着冰的气味,清新如初;风吹熄了我们的蜡烛。

此后,我听说过不少组织里的其他女人描述相同的故事;她们的经历与受挫的傲气、对自由的渴求,还有复仇的愿望息息相关。只是法妮的声音和话语里有些极其做作的东西,听得我很不自在,很是寒心。她明显动了真情,与我双目对视,渴望打动我的心,让我产生怜悯、钦佩或是恐惧的感情。可是我几乎没有听她说话:这整个夜晚就像一场梦魇,她的话语在梦幻与发热产生的幻景中模糊不清。

七

我花了一个月来侦察大臣府邸，寻找进入的方法，却无功而返。渐渐地，我开始热衷起来：不论白天黑夜，我都在房子周围溜达，询问送货的伙计、大臣的雇员和邻街多嘴的店主。很快我便对库里洛夫的外界生活环境了如指掌，他的各种习惯、觐见沙皇的时间和日期、朋友的姓名、民众对他的看法。残忍冷酷和富有野心是频繁出现的两个词。我得知，他去世的第一任妻子出生于极有势力的家庭，受到皇后的庇护；也因为皇后的关系，库里洛夫才得以节节高升；自从沙皇尼古拉①登基以来，大臣的保护人变成了亚历山大·亚历山大维奇·涅尔罗德亲王。

库里洛夫和第一任妻子生了两个孩子，一个儿子，一个女儿，现在和他生活在一起。男孩还是个孩子，而女孩正到了出嫁的年龄。一年多前，他最终还是娶了自己包养的法国情妇玛格，全名玛格丽特·达利西，过去是轻歌剧演员，从库里洛夫年轻时起，他们就保持着这种关系。

一天，我看见这个女人和大臣女儿从房里出来；我认出了她们，正是在教堂里坐在库里洛夫两旁的人；女孩不高，样子很年轻，非常漂亮，碧蓝的眼睛大大的；而那个女人……真是特别：她像只年老色衰的天堂鸟，失去了光彩夺目的羽翼，可仍因道具似的假珠宝闪着光芒。尽管她浓妆艳抹，午时的阳光还是无情地

---

① 沙皇尼古拉二世（1868—1918），俄国末代沙皇。尼古拉二世及其家人于1918年7月16日被布尔什维克处决，由此结束了统治俄国三个世纪的罗曼诺夫王朝。

照出了她脸颊上的红斑和皮肤上深深的细纹；她的脸一定是因为时光的流逝胖了起来，不过仍能从她脸部干净的线条看出，她曾经是个美人胚子。

她经过我时撞到了我。她理了理长裙的波浪花边，瞥了我一眼。我看见她的眼睛，离我很近，美得让我惊异。黑亮的瞳孔、深色的薄眼皮，疲惫而深邃的眼神打动了我。她令我想起在施罗德夫人的旅馆里见过的一位老妓女，衰老得厉害，却有着同样疲惫深邃的眼神。

她低声吐出几句抱歉之辞，说话中带着浓重的法国口音（她声音做作，让人不快），然后走开了。我跟踪她片刻。她走起路来颇为滑稽，一蹦一跳，像是年老的演员边走边担心因为年龄而增加的体重会让她在木板舞台上头重脚轻。

"这个女人，"之后，法妮告诉我，"明目张胆地与他生活了十四年。他们在群岛湾的别墅办过不少下流的歌舞酒会。"

大臣本人出来时，我会避免出现在那里，担心会引起密探的注意。尤其在库里洛夫要去觐见沙皇的时候，那些密探似乎从城市的各个角落涌到这里，仿佛要向这个街区的人们炫耀他们无所不在。后来我才知道，似乎失宠的大臣总是被笨拙地监视着，这是对大臣的挑衅；但是当时，我惊讶不已。

我惟一一次看到库里洛夫，完全出于偶然。随着人流，我毫无意识地来到这片街区，经过大臣府邸时，一眼望见他正要出门；门卫和警察站得笔挺。街道的各个角落，都有便衣来回走动。（我已经学会辨认他们：在彼得堡的居民当中，只有他们不论冬夏都戴着黑色礼帽，手里还抓着扎好的大伞。）

门开了，库里洛夫走向马车，后面跟着一名秘书。他快步走过去，紧锁眉头，表情阴郁。我靠在墙上看他。奇怪的事情发生了，他将头转向我，像那时他妻子一样，但是，他的目光仿佛穿透我，忽视了我的存在。那一瞬间，我觉得自己是这世上惟一被死神选中的库里洛夫的死刑执行人，而且（他如此肥胖，如此冷漠，样子一本正经）我会满心欢喜地看着这坨壮观的横肉和这张无情的脸孔被炸得"血肉横飞"。这一刻，我恨他，就像当初憎恨施旺医生一样，完全出于生理的反应。我转过身，他经过我身边，继续走他的路。我在一家小酒馆坐下，吃饭，消磨夜晚的时间。

第二天，我才从法妮那里得知，在大臣的起诉下，六十个大学生被捕，被指控阴谋策划革命。一位历史老师拒绝回答学生提出的关于巴黎公社的问题，这些年轻人便造起反来，以他们的力量又能怎样？不过做些幼稚愚蠢的举动，砸烂书桌、在小教堂的仪式上高唱革命颂歌（凌乱地唱着《国际歌》和《马赛曲》）。军队把他们全部赶出了阶梯教室。

在施罗德夫人那里吃饭时，她向我谈起她二十岁时的库里洛夫太太。"那时候啊，她还在唱《吉罗弗莱与吉罗费拉》[①]，在群岛湾的小酒店里。没过多久，她就成了涅尔罗德亲王的情妇，还不认识她的库里洛夫大人。"

"库里洛夫知道在他之前，亲王曾垂青过这位夫人吗？"我问。

施罗德夫人告诉我，出于某些秘密，他们的这种关系反而使他们更加亲密。她正说的时候，法妮进来了。

---

① 法国轻歌剧，夏尔·勒科克（1832—1918）的作品。

城里，人们传言士兵开了火，一定数量的年轻人非死即伤。在法妮脸上，我第一次见到人类的面孔可以如此充满仇恨；她碧绿的眼睛喷射出怒火，就连我也被惊吓住了。

我们出门时发现，整座城市寂静无声，只有商店前面的铁门被匆匆拉下的声响。少有几间商店还开着门；地上的一盏提灯以微弱的光芒照着这几间店铺。

大学里矩形的大院栅栏紧闭，不过我们刚到，就有一小队人抬着担架走了进去。

我们尾随其后，溜进大院。栅栏的门再次关闭了。学校的大楼陷没在无尽的黑暗中。突然，一缕光线照亮了无数大厅中的一个，光线穿透阶梯教室的大玻璃窗，在夜晚的光线①中微微闪现。不知为何，这束光让我感到阴森可怖，不可言语。

我们藏身于高大的柱子背后，不敢移动，因为随意乱跑是十分危险的，警察的人随时都会出现。

街道对面的房屋同样大门紧闭，同样阴沉。我们刚要离开，一辆马车飞驰而来。幸好我们被突然出现的来往人群耽搁了，我们认出了车上的库里洛夫。

一名警卫走出队伍，打开车门，不过库里洛夫打了个手势，示意不用下车。他们说了几句话；虽然我离得很近，但还是没有听到一个字。夜晚的光线清澈明亮，仿佛落日的余晖。光线下，我看见大臣高大的身躯一动不动，脸上的表情异常冰冷。

这时，院子里响起脚步声，抬担架的人出来了。大概一共八人。经过马车时，他们停了下来，揭起盖在尸体上的床单。

---

① 由于当地纬度较高，所以白昼时间长，夜晚时间短，晚上仍然会有少许光线。

站在库里洛夫身旁的人我还记得，是个面无血色的矮男人，长着大把的黄色胡髭，一紧张嘴唇便会抽动。他将死者的姓名登记在册；抬担架的人从死人的衣服里翻出地址簿、证件、护照，然后递给他。

瞬间的亮光闪过，我看到一张张紧闭双眼的年轻面孔，如此神秘，让我难以忘怀。死者死后几小时，脸上痛苦恐惧的痕迹已不复存在，深深刻在脸上的只有蔑视的表情。

搬运工"嗨哟嗨哟"地扛起装尸体的箱子。就这样，死者被人抬起，又被重重地扔进停在路边的军用货车，发出沉闷的响声。货车门关上了，里面是无尽的黑暗。

大臣打了个手势，警察散了开去。马儿一使劲，车子动了起来。趁此机会，我看见了大臣。他缩起身子，把帽子向前拉了拉，遮住眼睛。这一幕只令我感到深深地厌恶。

八

我考虑过作为法籍佣人、家庭教师或医生出现在教育大臣面前。最后,还是伪装成医生更为合适。组织的一名成员在瑞士公使团任职,他把我推荐给了他的顶头上司,而他的上司又毫不知情地将我推荐给库里洛夫。其实,库里洛夫每年去群岛湾和高加索的别墅度假,都会带上一名他喜欢的外国年轻医生。

我带上护照和伪造的推荐信来到公使团,很快办好了手续,自然比那真的马塞尔·勒格朗先生要快得多。我得到了瑞士大臣的政治担保,当天便动身去库里洛夫的府邸。

一名秘书接待了我,检查并拿走了我的证件;然后他请我第二天再来,我照做了。

于是第二天,我又来到这里等待。

库里洛夫迈着沉重粗暴的步伐穿过客厅,抓住我的手。让我惊异的是,如此近距离看到的他的面容与我之前所见大相径庭。他显得更加苍老,在公众面前石头般无动于衷的脸孔更加萎靡、脆弱和柔和,因脂肪堆积而显得白惨惨的;黑眼圈很重,包围着他的眼睛。

我与他在门口擦肩而过的那一次,他看着我的眼睛,却又视我不见,像在一面玻璃墙壁后面搜寻着什么,同时伸长了脖子,竖起耳朵。我再次见到了这种眼神。交谈中,我不时感觉到他疲倦的蓝眼睛盯着我不放。之后有人告诉我,那是亚历山大三世的怪癖,不动眼皮、不动睫毛,向下死盯对方的脸,无形中给对话者施加压力。或许大臣是在模仿。不过,他的样子倒更像被什么顽念所折磨，被他盯着并不可怕，只是觉得困窘罢了。

他向我提了几个问题，问我是否能从周一开始一直待在他群岛湾的别墅里。

"六月我准备住在那里。"他说，"秋天再去高加索……"

我应允下来。他示意秘书把我送到门口。于是，我离开了。

到了周一，我搭车来到群岛湾。库里洛夫的别墅建在岛的尽头，一个叫做"箭头"的地方。在那里，可以看到芬兰的整个海湾；整个五月的夜晚，夕阳映在湾里，溢出银色的闪光。细弱的桦树和矮小的枞木生长在松软的土地上，地里渗出黑色的腐水。我从未见过如此盛产蚊子的地方。一到晚上，白雾腾起，环绕在房屋周围，湿地里飞来的蚊子便在空中形成厚厚的乌云。

群岛湾的宅子美不胜收。有时，尼斯的某所房子会让我回想起库里洛夫的别墅，都是相同的意大利洛可可风格的豪华建筑，藏红色调的石块、刷成绿色的墙基、卵形的装饰阳台。

内战时，一切都被毁了。我曾经故地重游，记得那是十月十九日与尤登尼奇[①]的军队交战之时，我是部队的特派员。我们的红卫兵在海湾岸边宿营。我甚至找不到宅子的遗迹，这里完完全全被炮弹夷为了平地。宅子像是沉入了地下；地面上到处都在冒水，形成一个名副其实的水塘，静幽幽的，深不见底，蚊子尖尖的嗡嗡声不断传来……我呼吸着水的味道，产生了怪异的感觉。

在这所宅子里，我单独与库里洛夫的儿子待了一些时日，他

---

① 尤登尼奇（1862—1933），俄国内战时西北部的白军将军。

十岁,名叫伊万。和我们一起的还有他的家庭教师,一个叫弗莱里希的瑞士人。大臣被沙皇叫进了宫。不久,库里洛夫太太和女儿伊娜(伊丽娜·瓦列里亚诺芙娜)也来了。最后到的,是大臣自己。

九

瓦列里安·亚历山德罗维奇是深夜到的,我已经睡了。马车碾过院中石子的声音吵醒了我。

我走到窗前。侍从打开车门,库里洛夫由一名秘书扶着下了车;他看似举步维艰,迈着沉重的步子穿过前院。他在台阶处停了下来,指指行李,下了几个命令,我没有听见。我望着他。这时,我不厌其烦地看他……一个在河畔等待许久的垂钓者,最后终于感到手中的钓竿被压弯、不断抖动,他把钓到的鲑鱼或是小体鲟放在面前,定会凝视着拍打尾巴、泛着鳞光的猎物。而我此时的感觉,正是如此。

库里洛夫半天才走进宅子。我始终站在窗前,疯狂地想象把他的生死握在手中的那一刻。

这晚我没有再睡,而是读起书来。一个佣人走了进来:

"快点下楼:大人很不舒服。"

我走向大臣的房间,刚靠近便听见一种近乎尖叫的喊声,被呻吟和喘气声不停打断。我几乎没有辨认出来,那是库里洛夫的声音:

"我的主啊!我的主啊!我的主!……"

佣人催促我:

"您快点,大人很痛苦……"

我走了进去。房间混乱无比。我看见库里洛夫脱光衣服躺在床上,一支点燃的蜡烛照亮了他蜡黄色肥胖的身躯。他不断翻来覆去,试图找个姿势减轻痛苦,可是稍稍一动,他又痛得大声呼叫。他看见我，想跟我说话，可突然出口的是一堆黑色的呕吐物。我检查了他干黄的颧颊和眼皮内侧，黑眼圈依然很深。他呻吟着，用手指指肝部，圆瞪的双眼一直盯着我；我试着触按他的肝部，可是肝壁被大量脂肪占据了；不过我发现，与他硕大的肚子相比，他的胸部和双腿不同寻常地瘦弱。

他的妻子跪在前面，双手撑着他扭动的脑袋。

"是肝？"我问。

她指指桌下早已备好的吗啡注射器。

"一直是朗恩堡教授给大人治疗，可是他现在不在。"她悄声说。

我给他注射了吗啡，热敷肝部。库里洛夫浅浅地睡去了，又不断呻吟着醒来。

大约一小时后，我换了热敷料。他不再呻吟，只是偶尔深深地吸气。他全身没有体毛，包裹着白色的脂肪，像是动物的油脂。我注意到，他的胸前有个小小的金色圣像，穿着丝线挂在脖子上。这间大屋子形状不规则，灰暗而阴郁。绿色棱纹平布挂毯从上到下盖住墙面；挂毯几乎成了黑色，画着圣母玛利亚与众圣徒，跟小教堂里的一样。巨大的圣像镶着金框，占据了墙的一角；圣像里还有个头戴宝石的黑圣母，痛苦的表情让人不快；打在圣像上的灯将挂毯的几处照亮；床的上方，我数出三盏灯，排列在帷幔的褶子里。

他的妻子没有移动一步，一直小心翼翼地抓着他的手，仿佛面前是个熟睡的孩子。他的额头硕大僵硬，呈现出蜡黄色。

我劝她放手，说他现在毫无意识。她没有回答我，像是没有听见，只是紧紧地抱住他歪在一边的脸。他呼吸困难，张着嘴，张大鼻孔，无神的大眼在下垂的眼皮底下微微闪光。

她对他耳语：

"瓦利亚①……我的爱；瓦利亚，亲爱的……"

我专注地看着她。她显得疲惫不堪；卸下红粉的脸是张老人的脸，老女人……可是她过去一定很美……她身上有着奇特的融合，既可笑又悲哀。她头上的金发打着小卷，如孩子一般。嘴上深深刻着细纹，像是木板上的裂痕；她的眼眶一圈都是黑的，形成深色的圆环：或许正是因此，让人觉得她的眼神深邃而慵懒。

"他会不会冷？"她低声说，"每次他都痛到连一张床单盖在身上都不能忍受。"

他的身体因为高烧和寒冷颤抖着。我找来一床被子，将他光着的身子裹好。一时间，我忍不住要去抚摸他肝脏的部位。他发出动物般的呻吟，不知为何碰了碰我。

"好了，好了，"我说，"没事了……"

我把手放在他的前额上，擦掉汗水。我的手冰冷，他的头烧得滚烫。感觉他的状态好了很多，我又一次用手慢慢地摸他的脸，凝视他。

库里洛夫太太低声问：

"瓦利亚，亲爱的，你好点没？"

我重复着：

"让他睡吧。他睡着了……"

她抱着他的头，小心地放在枕头上。我伸手拿起一瓶白醋，将手浸在里面。他就睡在我的眼皮底下，躺在我面前；虽然折磨

---

① 瓦利亚，瓦列里安的昵称。

不断，他灰白的面孔还是保持着严酷冰冷的神态。

一直待在房间里一声不吭的佣人突然小声问道：

"我需要去把朗恩堡教授找来吗？"

"对，对，"库里洛夫太太急切地说，"快点……快去……"

我离开床边，坐在打开的窗旁，终于可以抽口香烟，放松地呼吸了。天亮了，外面已经有马车来来往往。

不久，库里洛夫坐了起来，示意让我过去。

"有人去请朗恩堡教授了。"我说。

"我要感谢您。您把我照顾得很好。您的确很能干。"

他说的是法语，声音柔和模糊。他确实承受了巨大的痛苦；他的脸色发灰，眼袋深陷，出现黑色的阴影。他的妻子向他弯下腰去，温柔地抚摸他的脸庞。她一直站在床头，专注地望着他。

他请我为他听诊：我下手很轻。当他问起病因，我回答说，大概是工作过度造成的。我惊讶的是，他体内几乎所有器官的功能都很差。他表面看像是铁打的，面貌、肥胖的身材、高高的个子，让他看起来像个巨人。然而他的肺部有栓塞、心律不齐、容易紧张，这堆肥肉下面没有一寸肌肉。

我又回到肝部，小心地触诊；我发觉手指碰到了一个不正常的肿块，可他推开我的手，脸色更加苍白：

"饶了我吧……"

他用手指指身体右侧。

"这儿，这儿，像刀割一样……"

他稍稍移动便会加剧疼痛。他呻吟着，却死死地咬紧牙关，眼中充满愤怒：他早已习惯用手势和眼神发号施令，面对疾病与死亡,他也无意识地用着这些方法。

过了一会儿,他安静下来,又开始说话。他用微弱的声音说,他活得相当不易,他感到厌倦。他不停地喘气,摇晃的大手不断微颤。

"您不知道,您不了解这个国家。我们正在渡过难关。所有政权都被削弱了,沙皇陛下的臣仆可有重担要挑啊。"

他越说越动情,言辞越加豪迈;他的脸苍老疲倦,眼眶里还残留着痛苦的泪水,这副模样与他的豪言壮语放在一起,真够诡异。

他停下来,柔声对妻子说:

"您去休息会儿吧,玛格丽特。"

她久久地吻着他的额头,然后离开了。

我跟在她后面走出来,快步超过她。我好奇地盯着她的脸。

"真的是……肝病发作?"她问,一脸狐疑和焦虑,原先疲惫的脸孔紧张起来。

"可能是……"

她犹豫了,低声说:

"您知道,这个朗恩堡……这些医生,这帮俄国人,一个都不信任我……如果他不是大臣,情况就会不同,肯定是这样!他们一个比一个躲得快,想逃避责任;他们害怕,一个个都溜了,哼!"

她的巴黎口音很重,小舌音尤为清楚,说话快到吃掉了每个词的后半个音节。她甩甩怪异的金发,疲倦的大眼睛直盯着我:

"您是法国人,先生?"

"不,是瑞士人。"

"啊！"她说，"真遗憾！"

她安静地沉思片刻，最后问道：

"不过……您了解巴黎吗？"

"是的。"

"我是巴黎人。"她骄傲地看着我。

无意中，她微笑起来，眼里、牙齿都闪着光芒：

"巴黎人！"

我们走到楼梯前，我侧身让她过去；她整整长裙的褶子，伸出脚（脚仍很漂亮，瘦削，成弓形，穿着金色的高跟拖鞋）准备上楼。这时，一个穿过长廊的女佣把包瓷托盘摔在了地上。

我清楚地听见餐盘摔破的声音和女孩极具穿透力的尖叫。库里洛夫太太脸色铁青地僵在那里，像被钉在了地上。我想安慰她，可是她听不进我的话，只是面色苍白地站着，一动不动，唯有嘴唇微微颤抖，形成一种滑稽而又痛苦的怪模样。

我打开客厅的门，给她看跪在地上收拾碎片的女佣，她的两颊才稍稍恢复点血色。

她深深吸着气，沉默着走上楼去。离开我前，她在楼梯的平台上挤出笑容，低声叹息道：

"我始终生活在恐怖袭击的阴影下……我的丈夫受人尊敬，却……"

她没有继续，只是低着头，突然离我而去。之后，每当大臣晚归，我便看见她将身子伸出窗外，或许在观察周围，注意着道路上有无担架抬着的尸体；每当屋里有不同寻常的脚步声和说话声，我总会看到她一下惊起，脸色煞白，像只被人追捕的可怜的野兽，等待着不知哪里会射出的一弹，结束它的生命。

在消灭了大臣之后，我清楚地记得，我被严密看管起来，隔壁的房间排放着尸体。她走了进来：看上去十分平静，两眼没有泪水。她解脱了。

十

第二天，朗恩堡教授来此出诊，库里洛夫把我也叫了去。

朗恩堡身材高大，是个金发德国人，胡子坚硬，棱角分明。眼镜后面可见犀利、冷漠、讥讽的眼神。他冰冷潮湿的手触摸起库里洛夫的身体，刚一碰到，坐在床脚的我就感到一阵猛烈的颤抖，和昨晚一样。

朗恩堡似乎乐此不疲；他一面做触诊，一面翻转着肥硕痛苦的身躯，嘲弄似的撇撇嘴，并不出声。这一举动激怒了我。

"好了，好了……"

"我还要躺着吗？……"

"几天吧……不长……您没什么工作，最近？"

"我的工作是不容中断的。"库里洛夫皱起眉头。

离开时，朗恩堡把我叫到一边，对我说：

"您有没有感觉到，检查的时候，手指能摸出到个肿块？"

我说非常明显。他点了几下头。

"是的，是的……"

"是一种癌症。"我对他说。

"这个，"他耸耸肩，"我就不清楚了……肿瘤刚刚出现，毕竟……如果不是库里洛夫，是个好小子的话……一个小伙子①……我可以做手术，把他的命延长几年……可库里洛夫的话！谁愿意为他负责！……"

---

① 原文为德语。

我们在连着卧室的明亮的长廊里走来走去。

"他知道吗?"

"当然不知道,"他说,"告诉他有什么好处?他已经看了不知多少医生了,所有人都怀疑是癌症,但没人愿意给他开刀。他可是库里洛夫!"他重复着,"您不明白,您不了解这个国家,年轻人!"

他给我写了一张特定食谱,告诉我治疗的注意事项,然后离开了。

病痛发作了十天左右。这段时间,我一直待在大臣隔壁的小房间,随时听他召唤。大臣雇来整理卷宗和信件的雇员和秘书们总是不断地穿过房间。我看着他们等待,哆嗦着接近紧闭的房门;我听见他们互相低声询问:

"他今天心情如何?"

其中一名下级雇员因职务需要,每天要见大臣多次,进去前总是偷偷在胸前划着十字。我记得,他年老严肃,衣着得体,脸色苍白,始终焦虑不安……以往,库里洛夫似乎一直用同样礼貌的口吻说话,虽然只是微微动动嘴唇,语调冰冷,话语简明,他很少露出不耐烦的样子。但是这回,坐在隔壁房间的我模糊地听到了他大声的咒骂,声音尖刺,气喘吁吁的。他突然停下,大口吸着气,无力地摆摆手说:

"滚吧!……让他见鬼去吧!……"

一天,在我面前,库里洛夫太太在卧室门口撞到了一名女访客。这位女士我已经见过多次,但是不知道她的姓名,所有人都带着无限的敬意对待她。她同样面色苍白,相貌平平,清晰瘦削的线条引人注目,她深陷的双眼忧伤地凝视前方。她像根铁棍似的站得笔直，头发里已经可见缕缕白丝，前额上烫着大卷，牙齿很长，衣领撑有塑料薄片，灰色呢绒外衣，三层大翻领，花边装饰，令她的侧影古怪惊人。

一发现是她，库里洛夫太太显得极度慌乱；她迟疑片刻，行了一个屈膝礼。女访客看着她，眼光逗留在她的金发、眼影和嘴唇上。然后她轻出一口气，扬起眉毛，毫无血色的嘴唇咧开，露出讽刺的微笑。

"大臣大人好些了吗？"她低语道，声音疲惫不堪。

库里洛夫太太回答：

"我的丈夫好多了，殿下……"

短暂的沉默之后，女访客走进了房间。库里洛夫太太一时在房间中央不知所措，随后慢步离开了。经过我面前时，她悲伤地笑了，耸耸肩膀小声说：

"她的打扮多可笑啊，这些女人，是吧？"

靠近看她我才发现，她的眼里噙着泪水，满面倦容。另一回，我在大臣的卧室里见到一个身着白色夏季军服的老男人。后来了解到，他就是涅尔罗德亲王。大臣面对亲王时，说话声音变得深沉，如丝绒般柔和甜美。

我一进房间便看见他躺在床上，努力直起身子，却令脸色更加苍白。然而，他在微笑，郑重地低下头，温和而恭敬。他发现了我，脸上的表情立刻变了；他尊贵的脑袋倒回枕头，不耐烦地从牙缝里挤出几个字：

"等一会儿，勒格朗先生，等一会儿……"

我把准备好的点滴液给他看。

访客抬了抬手。

"再见，亲爱的朋友。"

他好奇地望着我，把夹鼻眼镜推上来，然后又松开。

"对了，朗恩堡对我说您有了一个新医生。"

"相当能干。"库里洛夫和蔼地说。

不过，他的大眼睛立刻盯住了我，眼神厌恶而高傲。

"好了，勒格朗先生，我会叫您的。"

我开始了解库里洛夫的一切，他的属下、同僚都是他需要的人或是敬重的人。他所有的怪癖、脸部动作、他的笑容、言辞已成习惯，我总能预料他的下一个表情，不过每晚我走进卧室，看见他和妻子独处，总会觉得，人类真是奇特的生灵。

晚上，我就待在他的卧室里，平躺在他床边的长椅上。我很晚才上楼睡觉。整栋房子平日里充斥的脚步声、说话声，现在全部压低下去，因为某种尊敬、某种恐惧，变成了蜂群似的嗡嗡声。夜里，一片沉寂。天气很冷，彼得堡总是这样，春末时节，有浮冰沿涅瓦河从北方顺流而下。我记得我走进房间，只听见火炉里的柴薪噼啪作响。一盏灯在角落里泛着红光。库里洛夫太太坐在床边矮小的扶手椅上，握着丈夫的手。她发现我时惊呼起来，声音如鸟儿般尖脆：

"已经到时间了？已经十一点了？您可以休息了，我的朋友。"

我拿了本书站在窗户旁边。结果他们很快就忘记了我的存在，继续小声交谈起来。

渐渐地，我抬起头，我看见阴影中，他们的表情变了。他，一手搭在额头上，嘴角掠过一丝微弱的笑容（石头般坚硬的嘴唇，生来就不是为了微笑的），他毫不厌倦地听她说话。我自己有时也听得津津有味。吸引我的并不是她话中的智慧,完全不是,而是她脱线似的话语,十分新奇。她疯狂地说着,好似单调的流水潺潺、莺啼声声。而且,她知道何时需要缄默,何时无须行动,她善于察言观色,体察他一丝一毫的愿望,像只殷勤的老母猫。红色的灯光下,她半隐在黑暗中,只能看到她失去光泽的金色头发和美丽的双眸。不时地,她感叹一下,耸起肩膀,讽刺的调调无法模仿,是历经世事的女人所特有的。她常常不禁叹息,叫出声来:"啊!我的上帝,这到底是怎么了!……"然后,她温柔地抚摸库里洛夫的手。

"我亲爱的,我可怜的小乖乖!……"

他们忘记了我的存在,开始以"你"相称;她叫他:"我的心肝……我的爱……我亲爱的……"这些形容库里洛夫这个"残忍贪婪的抹香鲸"的词语触动了我。

有一天:

"啊!"她说,"你真的觉得我不了解吗?我真不该听你的……结婚有什么好处?我们那时候已经很幸福了。"

她突然停下,或许,她刚刚意识到我也在场。可是我一动不动。她叹了口气,低声说:

"瓦利亚,你还记得吗?你还记得过去吗?"

"记得。"他短短地答道。

她嘀咕着什么,很是犹豫,有些害怕,又有些期盼。

"如果他们走到了穷途末路……谁知道呢?……如果你不再是大臣,我们就离开这个国家,我们去法国生活,两人一起……"

听到这些话,我发现库里洛夫的表情有些异样,皱紧了面孔。冷酷无情的神色再次出现在他的脸上、眼中。

"啊！"他的声音庄严洪亮，无意识提高了嗓门，"您以为我手握大权？这是个天大的包袱。但是，陛下那么需要我，我至死也要完成我的使命。"

她悲伤地低垂着脑袋。他开始骚动不安，在床上扭动着身体。

"我还是让您休息吧。"她小声说。

他迟疑了，睁开眼看着她，然后低声请求：

"走之前给我唱支曲子吧……"

她唱起了法国的抒情歌曲，轻歌剧里的老调子。她迈开一只脚，挺起胸脯，以胜利者的姿态摇晃着脑袋，也许和她过去在群岛湾的小酒店里的表演一样。然而，歌声如此美妙。我背过身去不看她，只是倾听这一曲明亮甜美的小调。不敢看她，因为她令我产生崇敬之心，多么荒唐！而他？……我怀疑她是不是真的曾经貌美如花……因为这座房子里连一张她的肖像都没有。

他静静地看着她，迷失在火热而又模糊的幻想之中。

"唉！没有人能再这样歌唱了！"

我记起，他抓起她的手，习惯性地轻轻敲着，像在拍一位朋友，一个孩子，一位老妻的手，多情而又无情。然而，他闭上了眼睛，也许，往事渐渐涌上心头；我看见他又抓紧了她的手，紧到令手上的血管突起。她微笑着，嘴唇微微收紧，苦涩而忧郁。

"结束了，美好的时光，我的朋友……"

他叹着气，神态慌乱不安。

"生命如此短暂。"

"生命其实相当漫长。是青春流逝得太快……"

他对她小声说了些什么，我没有听见。她耸耸肩：

"真的？"

或许，这些话语、动作在过去对他们有着特殊的含义，因为她大笑起来，笑得那么感伤，仿佛在说：

"您记得吗？那时我还年轻……"

但是他笑了，下巴在颤抖，眼神变得柔和而清澈。

最后，库里洛夫的孩子进来了：伊娜和男孩伊万。伊万和库里洛夫一样肥胖虚弱，两颊苍白，长着长长的耳朵，不停地喘着气。

库里洛夫对他说话十分温柔。他把他拉到身边，抚摸他，久久地抱着他。他叹息道：

"啊！这就是我的儿子，我的继承人……"

他摸摸孩子的头发、胳膊。

"您看他，勒格朗先生，他有点贫血。"他继续说。

我现在还记得他亲吻男孩苍白的嘴唇和眼睛时的动作。

女孩安静地待着，表情冰冷，无动于衷。她长得倒是很像库里洛夫，举手投足和说话声音都和库里洛夫一模一样：她不断用手绞着挂在脖子上的金项链。对她，库里洛夫表现出来的冷漠近乎敌意。他对她说话几乎不动嘴唇，看她的眼神愤怒不安。

孩子们吻过他的手，他在孩子和他的老情人低下的额头前划下十字。

最后，孩子和他妻子三人一同离开了。

十一

库里洛夫和妻子习惯在不同房间传递纸条联系;佣人们总是端来书本、水果,里面夹着铅笔书写的小字条,直至深夜。

有时,他请我念给他听,因为他以妻子为傲,他想让我也欣赏她的笔迹和文风。其实她写的东西零乱可笑,却不乏忧郁,令我想起她与库里洛夫不失魅力的对话。也有不少提醒他的话,提醒他问我关于药剂、治疗和饮食的问题。里面夹杂着这样的句子:

"晚安,我亲爱的朋友,你是我的惟一……你年老忠实的玛格丽特。"

或是:

"我急不可耐地等待着黎明的到来:对于这把年纪的我们来说,崭新的一天总是宝贵的,我终于可以再次见到您。"

一次,我读到:

"亲爱的,为了我,请您接见一位老妇人吧,阿伦奇克的遗孀。她从远乡来此,向您控诉不公。过去,我还无幸认识您之前,她是我在罗兹①的房东,……时期,她尽心尽力地照顾我……"

这只是我给库里洛夫读的一叠字条的开头,我并不理解其中的意思。他皱起眉头,面露难色。对于他的表情,我已经渐渐熟悉起来了。

---

① 罗兹,现为波兰第二大城市。

"生命其实相当漫长。是青春流逝得太快……"

他对她小声说了些什么，我没有听见。她耸耸肩：

"真的？"

或许，这些话语、动作在过去对他们有着特殊的含义，因为她大笑起来，笑得那么感伤，仿佛在说：

"您记得吗？那时我还年轻……"

但是他笑了，下巴在颤抖，眼神变得柔和而清澈。

最后，库里洛夫的孩子进来了：伊娜和男孩伊万。伊万和库里洛夫一样肥胖虚弱，两颊苍白，长着长长的耳朵，不停地喘着气。

库里洛夫对他说话十分温柔。他把他拉到身边，抚摸他，久久地抱着他。他叹息道：

"啊！这就是我的儿子，我的继承人……"

他摸摸孩子的头发、胳膊。

"您看他，勒格朗先生，他有点贫血。"他继续说。

我现在还记得他亲吻男孩苍白的嘴唇和眼睛时的动作。

女孩安静地待着，表情冰冷，无动于衷。她长得倒是很像库里洛夫，举手投足和说话声音都和库里洛夫一模一样：她不断用手绞着挂在脖子上的金项链。对她，库里洛夫表现出来的冷漠近乎敌意。他对她说话几乎不动嘴唇，看她的眼神愤怒不安。

孩子们吻过他的手，他在孩子和他的老情人低下的额头前划下十字。

最后，孩子和他妻子三人一同离开了。

十一

库里洛夫和妻子习惯在不同房间传递纸条联系；佣人们总是端来书本、水果，里面夹着铅笔书写的小字条，直至深夜。

有时，他请我念给他听，因为他以妻子为傲，他想让我也欣赏她的笔迹和文风。其实她写的东西零乱可笑，却不乏忧郁，令我想起她与库里洛夫不失魅力的对话。也有不少提醒他的话，提醒他问我关于药剂、治疗和饮食的问题。里面夹杂着这样的句子：

"晚安，我亲爱的朋友，你是我的惟一……你年老忠实的玛格丽特。"

或是：

"我急不可耐地等待着黎明的到来：对于这把年纪的我们来说，崭新的一天总是宝贵的，我终于可以再次见到您。"

一次，我读到：

"亲爱的，为了我，请您接见一位老妇人吧，阿伦奇克的遗孀。她从远乡来此，向您控诉不公。过去，我还无幸认识您之前，她是我在罗兹①的房东，……时期，她尽心尽力地照顾我……"

这只是我给库里洛夫读的一叠字条的开头，我并不理解其中的意思。他皱起眉头，面露难色。对于他的表情，我已经渐渐熟悉起来了。

---

① 罗兹，现为波兰第二大城市。

他深深叹息：

"收起来吧。"

这晚，他沉思片刻后问我：

"您不觉得法国女人生来就具有高贵优雅的气质吗？"

他不等我回答，接着说：

"啊！如果您见过玛格丽特·伊杜阿勒多芙娜出演的《拉·佩丽柯儿》①就好了！我就是在那时认识她的！"

"很久以前？"我问。

每当有人向他提问，他总是表现出窘迫和讶异的神情，像是为言行不当的人脸红一样。之后我也遇到过这样的人。我记得……有一天，那是革命期间，我审问一名皇族。哪一个？……我忘记了姓名……年纪不轻。他被关押在克列斯季监狱②约一年时间，被带到我面前的时候已经饿得奄奄一息了。但是他保持着沉着冷静，可笑地小心而又礼貌地对待周围的看守，似乎在以极端的忍耐力承受他的不幸。走进狱室，我坐在他面前，一天半没有合眼。而他也忘记了为自己辩护。这个男人半张脸重重地挨了看守一拳，可是他没有愤怒，没有困窘，倒好像我在他面前脱光了衣服一样羞愧脸红……可怜的库里洛夫，摆出亚历山大三世的怪表情时，俨然成了独裁者。

我任凭他盯着我，无力的大眼睛窘迫高傲。

"有十四个年头了。"他最后说道。

思索之后，他又温柔地说：

---

① 奥芬·巴赫（1819—1880）的三幕谐歌剧，1868年10月6日在巴黎瓦利耶特歌剧院首演。
② 克列斯季监狱，位于圣彼得堡，是欧洲最大的监狱。

"那时候，我自己也很年轻……有多少个春秋交替了呀……"

晚上，就像我说过的，我躺在他房间里。他很坚强，从不抱怨什么。他常常失眠。我听见他努力摇动身体，呻吟着去够桌上的东西。

我想起了在瑞士那一个个失眠的夜，可以听见血液流动的声音、太阳穴飞快跳动的声音，嗅出自己散发出的死亡气息，人是多么无力……对生的渴望是如此迫切，无尽的黑夜又是那么漫长。

"您睡不着吗？"有一次我问。

将近一小时，我都听见他在枕头上翻来覆去，或许难以找到一处凉爽的位置。我也燥热不已……听到我的声音，他显得十分欣喜。我挪开了挡在我睡的长椅和他的床之间的屏风。他轻声叹息：

"上帝啊，我好痛苦，"他喘着气，声音颤抖，"像刀割一样……"

"这个，"我说，"这个感觉总是伴随疾病发作而出现的。会过去的……"

他点了几下头，可以看出有些吃力。

"您很勇敢。"我对他说。

我已经在意到这个人对赞颂之辞有着不同寻常的需求，如孩子一般。他脸颊微红，直起头来，对我指了指床边的椅子。

"我是个彻头彻尾的信徒，勒格朗先生；我知道，如今的年轻人被领向了理性主义。不过您在我身上所见到的勇气，无疑是连我的敌人也认可的，它来源于我对上帝的信仰。没有上帝的准许，一根头发也不会脱落。"

他沉默了。我们看着被灯光吸引而来的蚊子飞来飞去。直到现在,每当夏天看到蚊子一边飞舞,一边挥动着渴求鲜血的长针,我便回想起群岛湾的这些夜晚,听到水面上这些轻薄的翅膀发出的悦耳的金属般的嗡嗡声。

我关上窗户,见他有些激动,无法入睡,于是提议为他大声读书。他接受了我的建议,向我表示感谢。我拿起小桌上的一本书。刚读了几页,他便叫我停下。

"勒格朗先生,您不困吗?真的不困?"

我说,晚上天很亮的时候,我总是睡不好。于是他说:

"您愿意帮忙吗?我耽误了不少工作。这令我苦恼。您不要告诉朗恩堡。"他挤出一个微笑说道。

我替他拿来他指给我的盒子,将信一封一封递给他。他用不同颜色的铅笔在页边作下评注,铅笔的颜色是经过精心挑选的。展开信件时,我会偷偷浏览:多数信件都是陌生人写来的,内容包括给中学、大学提的建议;还有相当多的检举信,老师告发学生,学生检举老师,但是并不可靠。大学生、中学生、中学校长、学校老师,感觉整个俄国的居民都在暗中窥伺,检举别人。

看完信件后再看报告。其中一份汇报了外省一座城市的大学里发生的几场严重暴乱(大概是哈尔科夫[①])。大臣请求我按他口述的顺序写一篇文章。

他用几个枕头垫高身体。随着口述的深入,他的表情越来越冰冷严肃。他一句接一句,脱口而出,一副庄重的模样,手有节奏地摆动。他下令停课。然后静静冥想一番,只见他的嘴角和低

---

① 哈尔科夫,现为乌克兰城市,位于乌克兰东北部,是仅次于基辅的第二大城市。

垂的眼睑浮现出一丝阴沉的微笑。

"请您写下来，勒格朗先生。'无益花费在政治讨论上的时间将在下个假期补偿回来：暴动持续多久，假期就缩短多久。但是，如果暴乱一直持续到秋天，那么所有的考试成绩将被取消，这些学生，无论分数高低，都必须重修课程。'"

他费力构思，说完这些，不乏骄傲地看着我。

"这样可以让他们反思。"他用嘲讽威胁般的口气说，"还有一份，我请求您，勒格朗先生。"

这次是一份写给学校教师的通告。

"……在所有的俄国文学课和历史课上，教师必须抓住一切机会，唤醒年轻学生温柔的灵魂对沙皇陛下和皇室家族的强烈的爱，让学生永远忠诚于沙皇统治下的神圣制度与传统。另外，教师先生们要为他们的学生做出榜样，一言一行必须保持基督教的谦卑和真正传统的仁慈。毋庸置疑，若是发现自己的学生有反动性的言辞，有阅读反动书籍的行为，即普通意义上的一切破坏行动，都必须，像过去一样，严惩不贷。"

之后要看的还有法庭诉讼。

我看见一封署名萨拉赫·阿伦奇克的信，信中请求大臣大人下令逮捕一个名叫马佐乌尔奇科的人，此人罪在"引诱"她十六岁的儿子，让他读卡尔·马克思的书。刚开始读信，瓦列里安·亚历山德罗维奇就跟变了个人似的。他做了个手势。眼镜后面，他的双眼在闪光，硕大的额头被灯光照亮，闪着奇特的光泽。

"请稍等一下……把我妻子的便条递给我。"

他细细地重读一遍，然后将信放进一个彩色的文件夹，里面已经放满了不同的文稿。随后，他把大约十五份申请书和法庭诉讼放在床上，摊成扇形，又用手打乱。

"这是明天和后天的彩票。"他骄傲地说。

我继续给他递手上的信。最后，他终于打断我，说累了。他瘫在床上，闭着眼睛叹气。他的脸上闪过一瞬厌倦冷酷的表情，我再熟悉不过了。在大学的院子里，有人把尸体抬到他面前时，我见到的正是这种厌恶烦躁、严厉麻木的嘴脸：

"上个月有六个大学生被军队枪杀的事是真的吗？他们做了什么？"

他皱起眉头，很快反问我，干巴巴的声音带着怀疑：

"到底是谁这么对您说的？"

我尽量含混了过去。他把头转向我，突然激动起来：

"可怜的孩子们哪……您想想……都是好家庭出身……他们竟然在阶梯教室，拿石头砸向他们的历史老师！……只是……"他讥讽般的哼了一声，"这些都是带头闹事的人惹的麻烦，这些成天闹革命的邪恶的败类，迟早要把俄国崇高美好的事物全部摧毁。我必须严惩他们，这是愤怒所指，民意所向。我下令逮捕主要的闹事者，清空教室，叫来军队协助疏散学校的学生。六个狂热的可怜人把自己关在空教室里。一声枪响。谁开的枪？我也不知道。但是，一名士兵中了弹。尽管我明确下令禁止开枪，可是上校还是开了禁。六个不幸的孩子就这样被打死了。我们在他们身上找不到一件武器。您说呢？这能怪谁？当时上校已经绝望了，士兵只是服从命令。这些孩子太冒失，太自负，我必须惩罚他们。当时的混乱难以解释。之后有人说：'那枪是间谍煽事者开的。'这是内务大臣，我的老同事惯用的手段；他否认一切，把责任推到我身上。但是真正的凶手是这些不幸的家伙,这些闹革命的!"他一字一句地说,"他们所到之处,总会出现混乱、死亡。"

他停了下来。我发现他还在嘟哝着,仿佛还不解气。我忍住不说话。他又接着说:

"我们并不想处死罪人。但是悲剧还是发生了。不过,既然决定引导这些人,就必须负起责任来。'法律是严厉的,但是法律就是法律。'① 这种事总是不断发生,而且永远不会消失。"他吃力地说完。

我见他越说脸色越苍白,神色阴险而又焦虑。我仍然缄默不语。他说:

"您知道,勒格朗先生,这个国家正以极度复杂的体系来抵抗革命,就像由约束、偏见、迷信、习俗共同筑成的中国的万里长城,如果可以这样比喻的话,相当坚固,因为敌人的力量远比您想象的要强得多。稍有退让,只要一处缺口,敌人便会让我们溃不成军。这些都是我的朋友亚历山大·亚历山德罗维奇·涅尔罗德亲王本人的金口玉言,也是福音书中的教诲。亲王是位政治家,勒格朗先生,一位绅士。"

他说话时庄重的模样有些滑稽,却又感人,微微带有英国人说话的摩擦音。

天亮了,我关上灯。他越说越激动,仿佛怒火中烧;离他两步之遥,便可感觉到他身上散发出的热量。我给他换上新的热汤剂,让他喝下去。他大口喘着气,可以看见他肝部的肿胀部位像

---

① 原文为拉丁语。

气球一样凸出来。

他问我，颤抖的声音更加温柔、衰弱：

"为什么我感觉，右边，痛得像有蟹螯夹住了我的肉？"

我没有回答。而他似乎并没有看我。突然他喊道：

"上帝！我不惧怕死亡！我愿为信仰和皇上奉献终生，作为基督教徒，带着纯洁的觉悟而死，是件多么幸福的事情啊！"

猛然地，他庄严夸张的语调再次改变，开始焦虑起来，饱含热情和渴望：

"我没有动国家托付给我的一分钱。我会空着两手离开，就像我空着两手入朝一样。"

他像是又认出了我，无力地叹息道：

"谢谢您，勒格朗先生，我在说什么胡话……您能给我倒点水吗？麻烦您了……"

我把杯子递给他。他一面喝着凉茶，一面喘气，像只口渴的狗。我离开他，回到长椅上躺下。我被房间的暑气和狂热的味道所淹没，最终进入了睡梦，噩梦却接连不断。

十二

库里洛夫身体有了好转；至少朗恩堡已经不再拦着他去给沙皇递奏章了。结果从这天起，我几乎见不到我的"抹香鲸"了。有时我会在楼下办公室旁边的会客厅遇见他。他经过我时低下头来，用他那嘲弄浮夸的口气大声说：

"您习惯了帕米尔北部的气候了吗，我亲爱的勒格朗先生？"

我还没回答，他便点几下光光的大脑门，小声咕哝：

"嗯，嗯，不错……"

然后，他心怀好意却又漫不经心地抬抬手，走了过去。

当我向他问起健康近况：

"永远不要绝望①……"他总是微微提高嗓音，微笑着回答，恐怕是想得到聚集在我们周围有求于他的人仰慕的眼光。"我从不向病魔低头，感谢上帝！工作，这才是真正的长生不老药！"

那时候我和弗莱里希交上了朋友，想从他那里得到有关大臣第一任妻子的详细情报。无用的情报！可是我很感兴趣……弗莱里希对她的情况相当熟悉，他曾经培养库里洛夫的侄儿长大。库里洛夫的侄儿名叫伊波利特·尼古拉耶维奇，现在在国务会议②担任要职，在"抹香鲸"手下工作。（人们叫他"小库里洛夫"或是"小偷库里洛夫，"以便和他的叔叔区别开来。）

---

① 原文为拉丁语。
② 国务会议，1810年成立的国务会议开始只是咨询机构。从1906年起，沙皇政府为了限制杜马的权力，颁布了《国务会议章程》，明确规定国务会议成为上院，具有与杜马平等的权力。

弗莱里希做他的家庭教师十五年，直到库里洛夫的第一任太太去世。他稍稍犹豫才告诉我：

"您知道亚历山大皇后陛下是以什么闻名的吗？她的神秘主义，近乎疯狂的神秘主义……大臣大人的第一任妻子也是这样。她快不行的时候，已经彻底疯了。"他用手指了指脑袋，悄声说，"那时候，大人的私生活可不容易啊……"

"那么现在呢？"我问。

弗莱里希欢快地吹了一声口哨。他总是绷紧了嘴唇，眼神不安。他搓着两只手，害怕什么似的左右张望，然后飞快地说：

"这个美人儿玛格……破坏了大臣大人的美好前程。要说他还没有降职，也只是有涅尔罗德亲王在后面撑腰。而且啊，你说，教育大臣不就是为了保护俄国年轻人远离这种不道德行为而存在的嘛，他这桩婚事反倒树了一个生活放荡的榜样，你看多丢人？"

他摆弄了一会儿手上的夹鼻眼镜，遗憾地说：

"看起来，她过去真的很美啊……"

之后有一天，涅尔罗德亲王来群岛湾用午餐。我认出了这个细长眼睛、神色疲倦的老人，他在库里洛夫生病期间来过，我在库里洛夫的卧室里遇见他一次。涅尔罗德亲王在一八八八年险些死在恐怖袭击中。袭击的人叫什么格列戈里·西蒙诺夫，十七岁，简简单单就被亲王的卫兵制服了。亲王处决他的方式实在残忍，不过迅速，让他直接被手下的人乱箭穿心，砍下了脑袋。关于亲王，人们还传说，在一次波兰发生的暴乱中，广场上铺满了尸体，他下令在上面撒点土，就算是埋葬了尸体。然后他的骑兵连就在上面操练，长达六个小时，踏平了脚下的土地，直到马背上的年轻人累得趴下为止。这时的广场上只剩尘埃一片。

同桌用餐的还有朗恩堡、达利男爵、男爵之子阿纳托利和外交大臣（他是三个外号"国家事务的外行"的大臣之一，总之是突然发迹的）。他老得令人难以置信，背弯得像只罗盘，满头的白发，身子单薄得如枯叶一般，脑袋不停打着颤，身上喷着三色堇味的香水。他拽着库里洛夫的手臂，花了一刻钟才走完台阶。他目光暗淡，迷茫的眼神痛苦不堪，仿佛马厩里一匹快要寿终正寝的老马。他在交谈中使用纯粹的古典法语，也就是说，里面穿插着迂回的说法、婉转的措辞和对被所有人遗忘的另一个年代的事件的影射。他的话，我无法理解，哪怕是他的同事，也听得是一头雾水。不过，看得出来，他们倒很爱听这个，仿佛他正在说一门古老、充满诗意却又难以捉摸的语言。

我好奇地观察达利：我从弗莱里希那里得知，他是库里洛夫的敌人，两人势不两立，他很有可能成为下任教育大臣。他身材微胖，中等个头，脖子粗短，头顶剃成了德国式发型，褪色一般的金色睫毛、眉毛和胡髭与灰白的脸孔混在一起，难以辨认。他两眼突出，眼神冰冷，像某种鱼类的眼睛。圆撑的鼻孔猛力吸着空气。神态傲慢而又焦虑，有些跨国骗子就是这副模样。弗莱里希告诉我，达利在年轻时是出了名的同性恋（弗莱里希说他"生活习惯十分可疑"），倒是现在，他安分多了，一心只想着如何升官发财。

玛格丽特·伊杜阿勒多芙娜坐在上座，扑了香粉，描了眼眉，小短上衣和胸衣将胸部挤得紧紧的，脖子上挂着珍珠项链。她没有说话，也不像在听男人们的讨论，只是忧伤地望着前方。

话题很快转到了沙皇和皇族上面。他们用嘲讽轻蔑的腔调说的最常见的句式是："陛下允许我陪伴左右，是我最大的荣幸……能够远远看见我们受人爱戴的皇帝陛下，我的喜悦之情无以言表……"他们的腔调实在滑稽，尤其是涅尔罗德，模仿得惟妙惟肖……他看着挂在面前墙上镶金框的沙皇肖像，一抹微笑掠过嘴角，细长眼睛闪着默契的光芒。

"你们了解我们深受爱戴的皇帝陛下的仁慈、他伟大的灵魂和天使般的纯真吗？"

他轻蔑地哼了一声，不再说下去。其他人都低着头，同样的光芒在他们眼中闪烁。"你们知道沙皇尼古拉没什么头脑"才是他的本意；所有人都心知肚明，但是每个人都暗自以为只有自己听懂了他的言下之意。库里洛夫倒是光明正大地模仿起这挖苦人的腔调。可是他学不来。虽然他试图隐藏他的愤恨，但是一说到沙皇的名字，他的声音便颤抖起来。这时，吃了一半的达利停了下来，扭过头来，高雅地凝视着库里洛夫，眯着两眼，不乏讽刺的意味，仿佛他看见库里洛夫在钢丝绳上跳舞。

时不时地，有人偷偷瞟两眼坐在长桌尾部的库里洛夫的女儿和年轻版的达利——阿纳托利男爵。阿纳托利是个二十岁的高个男孩，苍白的脸，张大着嘴，腮帮子始终鼓鼓的，活像个复活节上的饕餮者。无论别人谈论什么他都不入耳，而他说话的声音尖利单调，时不时像个钻孔器似的刺穿他人的谈话。

"巴尔普公主的舞会整体上来看似乎更为成功，规模更为宏大[①]，和阿纳斯塔西娅公主的比起来……"

达利和库里洛夫一齐皱起了眉头，装作没有听见。

---

① 原文为英语。

一番关于审查的冗长的讨论开始了。时间已经不早，将近下午四点，可是他们并不想离开餐桌。这天阳光明媚，园子里的玫瑰被风儿吹得摇来晃去；从树梢上望去，可以看到彼得堡城，远远地，像被金光照亮的灰色乌云。

年老的外交大臣认为，把私人信件审查作为惯例是切实可行的，而且"已经初见成效了"。但是亲王认为，这种做法反倒有害，他说：

"一名政客不应当陷入私人恩怨，这种调查对手信件的做法只会激化这种感情。当我读到我们亲爱的伊万·彼得罗维奇把我看作一只嗜血的老虎，我极其不快。我也是个人……知道那么多又能如何？倒不如闭上眼睛，才是最明智的选择。"

"对某些丈夫来说，真是至理名言啊！"老大臣说。

他边说边笑，张合了几次嘴，露出满口假牙。他盯着玛格丽特·伊拉阿勒多芙娜，似乎在幻想什么，一脸忧伤，就像一匹老马咀嚼着牧草，忧郁地凝视前方。

库里洛夫想要反驳，但是他并未开口，并不激动，只是抿起嘴，拉下嘴角，脸色更加苍白严肃。

谈话内容又转到了任命Ｐ为新任总督将军的决定上。库里洛夫回答达利的话时，依然怒气冲冲。直到涅尔罗德绘声绘色地讲起新总督将军的一则轶事，说他偷窃挪用公款时，大家才不再关注库里洛夫。库里洛夫独自叹息着，小心翼翼不让人察觉，沉沉地低下了头。

亲王将面前的酒杯举到嘴边，像是拿着一束鲜花似的只是闻香，然后放下，习惯性地耸着肩膀说：

"皇帝尼古拉陛下没有让谁当过总督将军？！世风日下，人心不古①。就像圣乔治的十字架一样，现在人手一支，就像舞会结束分发的花朵一样，每人一朵！皇帝亚历山大三世②陛下的时代就……"

他停下来叹口气，稍作思索后小声说：

"不幸啊，陛下的死对俄国来说是多么不幸的事情！"

"当然，"库里洛夫满怀热情，"缺乏经验的判断、暗中争斗、私人恩怨，所有王国的衰落都是这三个原因造成的③。但是我敢保证，没有人像我这么崇敬爱戴尼古拉陛下，的确，他的性格仁慈、高贵，但是这对权力的绝对控制有百害而无一利。"

"仁慈高贵真是不错。"亲王微微撇嘴，语气亲切和蔼，却饱含轻蔑，一般人是学不来的，"所以呢，陛下刚刚与威廉大帝④缔结的商业协定对德国可是好处多多啊！对我们俄国，绝对没有什么利益可图……可是陛下，我们人见人爱的尼古拉陛下不能拒绝威廉大帝，人家是客人，就像陛下向我强调的。"

"不过，事情总是如此⑤。"库里洛夫窃窃私语。

"那些亲王，"老外交大臣慢吞吞地说，"我在一生的经历中发现，他们总爱追求心灵的高尚。于是责任便落到了大臣身上，必须首先将崇高的热情落于实践，跟经济需求结合起来。"

他微笑起来。我猛然发觉，自己之前对他的看法太过愚蠢，完全没有防备。他半闭的眼睛里闪过一线光芒。这时，他向我看来：我被一柱灯光照着；或许是因为我的脸从黑暗中突然出现，

---

① ③　原文为拉丁语。
②　亚历山大三世（1845—1894），尼古拉二世为亚历山大三世的长子。
④　这里的威廉大帝指的是威廉二世（1859—1941），德意志第二帝国末代皇帝和普鲁士国王。
⑤　原文为拉丁语。

惊到了他。他点点头，向我示意。

"先生需要学习。"他说道，一副真诚却又轻蔑嘲讽的表情。我可怜的库里洛夫试图模仿，又失败了。

库里洛夫眼神示意了一下，玛格丽特·伊杜阿勒多芙娜起身离席；我准备跟着她离开，却被库里洛夫叫住了：

"请您留下。亲王还想为他的哮喘病向您请教一种镇静药呢。"

我重新坐下。没过多久，他们又忘记了我的存在。我也不再听下去。我疲惫至极。他们吸着烟，大声谈论。我听见达利突然大笑，"抹香鲸"在和亲王说话。我的脑海中出现了法妮和日内瓦的负责人……我望着园子里的阳光，机械地数起月份……七月、八月、九月……"各类仪式和公共节日看似都要等到秋天才有……"我内心产生一种忧愁、一种不安。这时，涅尔罗德的声音把我从幻想拖回到现实（那天正值日俄战争开战的前夜）：

"没有人真想发动战争。陛下和大臣们都是。其实没人，从来没有人渴望发起战争，或是渴望犯下其他罪行。可是，战争终究不可避免。因为掌握大权的都是些脆弱的生灵，他们也是人，不是人民想象的嗜血的怪物。天哪[①]，如果真是这样倒好了！"

他搂起老外交大臣的手臂：

"说起来真让我恼火！这些孩子，这些无用之徒……又能怎样！……一切很快就会烟消云散！我们也是……可之后呢？"

他无力地耸耸肩膀，半闭着眼睛背诵道：

"即便承认，你的一生皆依你所愿。——可之后呢？

---

① 原文为英语。

即便承认，你读尽了人生之卷。——可之后呢？"

"天哪！老天爷！我们又不是贪婪的野兽！我们要蹚这摊浑水做什么？为陛下跑腿，争宠夺爱，这是在浪费生命。"

"你们还年轻。"老大臣辛酸地说，"当你们像我这样，到了年龄大限，你们就会看到亲王们冰冷厌恶的表情，过去的仁慈、信任早已不在！……你们知道吗？从去年圣诞开始，我就被陛下的私人聚餐拒之门外了。我感到……"他突然叫喊起来，激动不已，因爱君之情遭到背叛而绝望，语调极其可笑，"我确确实实感到，过去一去不返！我最后的日子，不能再贡献给这些忘恩负义的人了。这会扼杀我的，我是说真的，这样做会慢慢扼杀我的生命！……"

他停了下来，我似乎看见他眼中有泪光在闪烁。我转过脸，更近地观察他。他的眼神如年老的动物一样呆滞，望着远方，眼角确确实实落下一滴泪珠。我产生一丝怜悯，多么讽刺。

然而，库里洛夫从带锁的小橱里取出一叠日本春宫图的版画。结果，他们全都围在他身边，神经质地大笑不止，笑到手掌不停地颤抖。

过了很久，他们又聊起女人。我凝视库里洛夫，他变成了另一个人，两眼放光，声音低沉，手指颤颤……

"有个新出道的歌女，"亲王说，"薇拉·罗德，是个十五岁的女孩，还没长开，精瘦精瘦的，不过有着世上最美的秀发，还有她的音色……就是金币掉在水晶盘里，也没有如此纯净、如此嘹亮的声音……"

"薇拉·罗德。"达利说。

他故意停下，眯眼看着库里洛夫：

"现在,玛格丽特·伊杜阿勒多芙娜走了,在座可没人会唱歌了!"

库里洛夫眉头紧锁,欢快的心情被突然打破;他脸色愈加苍白,变得阴沉不安。

"这样吧,先生们,出去,去花园转转。"他说。

十三

台阶上，我听见朗恩堡和达利刚刚说完话。

"必须建立一个秘密组织，专门铲除这些该死的搞社会主义、共产主义、搞革命的人，思想自由的家伙，当然，还有所有的犹太人……可以招些以前的强盗、普通罪犯，向他们承诺，放他们一条生路。这些人，闹革命的社会渣滓，和疯狗一样不值得同情……"

库里洛夫与亲王停了下来，微笑着听他说话。

"喔唷！我亲爱的，你有点过火了吧。"亲王说，"唉，我们远不必如此！"

达利、朗恩堡和老外交大臣很快离开了平台，走向花园。只有库里洛夫和亲王留了下来。

我听见库里洛夫说：

"宫里有人指责我们放任自由，您说，您和我两人，怎么能不陷入这种自由主义？听着这些愚蠢的指责，我觉得恶心。"

老亲王停下脚步。这个时节，酷暑已经过去，他穿上了外衣。他站在小路中央，路的两旁开满了白色玫瑰。我走在他们后面，不过他们没有注意到我。他仔细地戴上英式鸭舌帽，大帽舌包着双层绿绸，压低的帽舌挡住了眼睛，他用疲惫深沉的嗓音说起了法语：

"狗儿吠，商队过。"

他用手杖重重地敲击地面。

"我从不后悔过去处事仁慈。"他说，"尤其到了现在这个年纪，瓦列里安·亚历山德罗维奇，您知道，这是最大的慰藉。"

他长长的苍白的双手，到现在我还记得。我尽力想象那天清晨，在波兰满是鲜血与横尸的小广场上，他对着骑兵连发号施令。

于是，相当讽刺，我带着怀疑的态度听他的话。很快（当我走到他们刚才的位置时）我明白了，这些人的话语里没有一丁点虚情假意。他们只是，像我们所有人一样，也爱忘事。

他们谈起了革命恐怖事件。他们坐在长凳上，这块地方叫做缪斯女神圆形广场。我们再次见到了这里修剪成怪异形状的紫杉，还能闻到黄杨的气味。我钻到树篱后面，一伸手就能碰到他们。我带着强烈的好奇听他们说话。

"总有人提醒我，"亲王说，"恐怖事件正在酝酿之中，不少人给我写信，或是当面对我说：'请您不要来这里去那里。'我从不听劝。但是我必须承认，晚上在家里睡觉时，知道第二天要去这样那样的地方，我便感到恐惧。可一旦踏进车里，我便放松下来。"

"我，"库里洛夫说，"每天早上一醒来，就会做祈祷。我把每一天都看成生命中的最后一天。晚上回家，我感激上帝，感谢他推迟了限期。"

他不再作声。刚才说话的口气如往常一样庄重，只是声音在颤抖。

亲王用难以模仿的声音说：

"喔！对了，您信奉上帝……"

他疲惫地笑着，小声说：

"我呢，我尽量做到最好。可我向您发誓，我不知道为何，越是身处险境，越能体会到一种个人满足感，不是满足于完成了自己的职责，瓦列里安·亚历山德罗维奇，而是又一次证明了人类愚蠢到何种境地，虽然辛酸，可其中的快意令我满足……至于后人的评价和周围的闲言碎语，我才不在乎。那个叫西蒙诺夫的无政府主义者的事情引发了多少谴责！我免除了他几个月的折磨，只需忍受即将被处决的焦虑和恐惧。而且，我还免去了法律诉讼，诉讼只会在大众中传播对我们不利的思想。波兰的事情也是……马蹄子踏在死人身上，死人也不会感到疼痛，您必须承认，这样制造恐惧是有其益处的，我成功地阻止了暴乱，拯救了多少生命。可是，我做得越多，就背负了越多的生命……可以说，离我的'原意'也越来越远。"他幻想般继续说，"总之，我的行动是合乎逻辑的。人们不能原谅的也正是这一点。"

"其实我，对后人的评价还是信心十足的。"库里洛夫窃窃私语道，"我的敌人会被俄国人民遗忘，而我不会。我面临的一切都那么艰难，那么痛苦。"他叹着气说，"有人说要知道如何抛头颅、洒热血，的确如此……"

他停了下来，然后无力地说：

"为得到一个公平的评价……"

"我连公平的评价也不相信。不过我可比您老多了，这是真的；您还抱有幻想……"

"生存是那么艰难，那么痛苦。"库里洛夫悲伤地重复道。

他沉默片刻，突然压低声音说：

"我的烦恼无穷无尽……"

我将身子凑向前方。在教育大臣的宅子里，我第一次迈出了真正危险的一步。然而，我的好奇心令我大胆起来。

亲王轻咳两声，扭头看着库里洛夫。透过灌木的间隙，我可以清楚地看见他们，就在离我几步的地方。我屏住了呼吸。

库里洛夫开始大吐苦水，说他带病工作，过度劳累，周围又仇敌无数，策划着阴谋诡计。

"为什么我没有听您的？为什么我要结婚呢？"这两句话，他苦苦地重复了几遍。"政客就应该足够坚强。他们知道，"他加重了音调，"他们知道我前进的每一步中何处是痛苦，于是他们就冲着痛苦来。我的生活变成了地狱。如果您知道他们每天怎样信口雌黄地乱说我的妻子就好了！都是下流、粗鲁的谎言！"

"我知道，可怜的朋友，我知道。"亲王柔声说道。

"伊娜二十岁的时候，"库里洛夫接着说，"我想按照习俗办一个舞会。您也知道，自从我的妻子去世，皇帝陛下就再也没有来过我家。您能想象吗？"他的声音开始颤抖，"我们的陛下竟然说如果希望他们参加舞会，那么玛格丽特·伊杜阿勒多芙娜必须回避！而我呢，只能微笑，默默地把这耻辱咽进肚里。我，一个拥有如此地位的男人，能令上千人害怕得直哆嗦，却必须在这些个乌合之众面前卑躬屈膝，宫里尽是这样的无赖，"他的语调开始上扬，"啊！我厌倦了权力！但是我会完成自己的使命，完成我剩余的工作。"他大声说了几遍。

"如果玛格丽特·伊杜阿勒多芙娜能暂时离开俄国，确实……"亲王说。

"不，"库里洛夫说，"我倒情愿一下完成所有工作，然后离开这里，和她一起。在上帝面前，她是我的发妻。她拥有我的姓氏。可为什么他们非要抓住过去不放呢？他们只知道过去吗？他们说到'轻浮的女人'时，完全口无遮拦。我不想大谈爱情，我也不说与她开始的那几年，但是，十四年间，她对我忠贞不贰，安慰我，支持我，只有我才有资格评判她。我的命运！……多么不幸！……我那可怜的妻子，您知道，我一直照顾她到最后，没有人，甚至您，也不知道我经受了多少……"

他想说"折磨"，可是他的高傲不允许从他嘴中说出这样的词。他僵住了，手无力地抬起：

"她死了。上帝带走了她不幸的灵魂！可是我，难道我就没有权力，像我所做的一样，重建幸福的生活吗？现在我知道了，作为政客，我的私生活和工作一样，属于人民大众。只要想保留一块小角落作为私人空间，敌人便会乘虚而入。"

"玛格，"老亲王幻想着说，"这个女人如今虽然年老色衰，周身却散发着奇特的魅力……或许，我们总是钟爱曾经深爱过的人……"

"我，"库里洛夫真挚的口气令我惊异，"我过去深爱过她，您知道，我当时为了她有多么疯狂。但是那时的爱情与现在我对她的感情无法比较。一生中，我孤单一人，亚历山大·亚历山德罗维奇，我们每个人都是孤独寂寞的。人爬得越高，越会感到孤寂。而她，是上帝赐给我的一位朋友。我有无数缺点，人就是一块布满错误和苦难的丝布，好在我很忠贞，我从不抛弃朋友。"

"您要当心达利，"亲王说，"他一直觊觎您的职位。依我之见，他们只等着您走出错误的一步，然后就把这个职务给他。而且达利是您在国务会议的老同事。究竟谁会给我们下套？除了这个老同事，还能有谁？您为何不把女儿嫁给他的傻瓜儿子？大笔的嫁妆倒可以让他安静一下。他在权力中寻找的也不过是金钱。"

"伊娜对这桩婚事极度反感。"库里洛夫犹豫了，"而且，我害怕这样也改变不了什么。达利就是那种不仅啃完所有的肉,还要吞下整根骨头的狗,永远不会满足。"

"您知道他最近的杰作吗?"亲王问,"您知道前不久,宫里他们喜欢玩的把戏吧:将俄国还给俄国人。比如,只有名字以'奥夫'结尾的人才能得到铁路的经营权。达利男爵好不容易在某个山沟子里找到了一个破产的贫穷的小亲王,他有着这个古老的姓氏。以他的名义,达利拿到了矿场或是铁路的经营权,然后以正当手续转手卖给犹太人或是德国人。本来说好给亲王两千卢布,结果他一下翻脸不认账!可笑吧?"

"有些时候我很讶异,"库里洛夫说,"我不明白这些人为何如此贪婪。一个普通人利欲熏心倒很正常,因为他知道,自己不贪钱就会被饿死。而这些人已经拥有了一切:金钱、庇护、土地,可是永远不够!我真的不懂。"

"人人都有弱点,人性是难以捉摸的东西。我们甚至不能肯定地说一个人是好是坏,是愚是智。好人在一生中也有过残酷的言行,坏人自然也做过善事;智者千虑,必有一失,愚者行事,也未尝不会有明智之举!正是因为如此,生活才丰富多彩,难以预料。我始终对此很有兴趣……"

他们边说边站起身来,离开了圆形广场。我等待片刻,才离开这里。

十四

那天剩下的时间,他们始终待在花园,把库里洛夫的儿子万尼亚留在身边。孩子无趣地听着他们的对话。

"对他来说,生活要美妙多了。"库里洛夫说。

夏日的微风寂静地吹拂,他们的声音随风而来,我可以听得一清二楚。

"我们正在度过一个艰难的时期,不过我坚信,只要有国民的支持,我们必定可以重振朝纲。"

"您可能不会想象,有多少人对我说过相同的话,而我又从中获得了多大的安慰。社会民众已经厌倦了与革命人士勾勾搭搭。我想只需十年,或者十二年的困难日子,美好的未来就在前方。"

"我亲爱的……"亲王带着疑惑的口气低声说。

但是他没有说下去。库里洛夫若有所思地抚摸着儿子的头发。小儿子正在偷偷打哈欠,一下变得烦躁不安,全身抖动,却又努力克制自己这一突然的动作,就像孩子被苍老的手掌触摸时本能体现出的厌恶一样。

库里洛夫说话了,打断了我的沉思。

"皇后似乎在为小公主阿纳斯塔西娅的出世而烦恼。第四次打击实在难以承受。小陛下们都还年轻,的确如此……"

沉默良久,亲王弹掉了香烟的烟灰,撇着嘴说:

"昨天,我见到了米哈伊尔大公①,殿下的相貌果真与他尊贵

---

① 米哈伊尔大公,亚历山大三世之子。1917年俄国二月革命爆发,同年3月沙皇尼古拉二世退位,传位给弟弟米哈伊尔大公,遭其拒绝,于是罗曼诺夫王朝灭亡。

的父王一模一样……"

现在,两人同时含笑凝望着身旁的小男孩,仿佛透过他,看见了未来的宏图一般:沙皇驾崩,没有继承人,而他的弟弟米哈伊尔大公,顺理成章地继任沙皇之位,俄国将进入和平与幸福的时代。至少库里洛夫是这样梦想的。亲王的思想倒是更难领会……这一天发生的事,我仍然历历在目……

终于,亲王想起了我,把我叫到跟前,向我要个方子来治疗他的慢性咳嗽。我指指他的香烟,说他不能再抽下去了。

他大笑起来。

"年轻人总爱把事情夸张化。人们可以夺走他人的性命,但是不能剥夺他人的爱好。"

他口清齿明,气宇非凡,语气中透出一丝无情。我向他推荐了一种镇静药。他接受了,对我表示感谢。我走开了。我在自己的卧室待了许久,想象着他们口中的美好未来。我扪心自问,我们对未来的空洞幻想合理吗?抑或只是纸上谈兵的乌托邦?也许他们的设想才是正确的?……我感到悲痛,我厌倦了这一切,可是一丝残忍而又愉悦的情绪在我心中闪过,我自己也诧异不已……

当我再次回到花园,天色已晚。春天似的暮色渐浓。天空通透清亮,宛如一朵深色透明的水晶玫瑰。此时的群岛湾美丽异常。两个不同语言的土地之间,海水冲击形成的一个个小泻湖上微微泛起金光,照映出深邃的天空。

亲王的双篷四轮马车驶了过来。他坐在马车的顶里面,腿上盖着毛皮小毯,身旁是刚刚为他剪下的白色玫瑰。他双手捧起玫瑰,轻抚花瓣。

我将写好的镇静药处方送给他。他问道：

"您是法国人吗，先生？"

"我是瑞士人。"

他点点头。

"美丽的国家……今年夏天，我会在沃韦住一个月……"

他向贴身侍从示意，车门关上了。马车驶离了宅子。

回圣彼得堡的路上，就在城门口的大街，一个女人，格列戈里·西蒙诺夫的未婚妻，等待这一时刻已经十五年了，她将一枚炸弹投向了亲王的马车。马儿、车夫、车里静静嗅着玫瑰花香的老人，包括凶手在内，全被炸成了碎片。

十五

库里洛夫是在当晚得知这一噩耗的。我们正在用晚餐。亲王的一个随行官员走了进来。一听到军刀敲在地板上的声音，库里洛夫便预感到不幸将要来临。他猛地一惊，酒杯从手中滑落，撞在桌角上，摔了个粉碎。不过他很快控制住情绪，站起身来，一言不发地走了出去。玛格丽特·伊杜阿勒多芙娜跟在他后面。

夜里，从我的房间望出去，可以清楚地看到他房间亮灯的窗户。我看到他在房间慢慢来回踱步，直到清晨。我看见他的影子贴近窗户，或许是在看着外面，然后慢慢转身，消失在房间深处，不久又出现在我的视线中。

第二天他见到我时，只是动动嘴角，低声说：

"您知道了？……"

"是的。"

他用两手抱住低垂的头，抬起脸时，我看到了他憔悴的大眼睛。

"我认识他已经三十年了。"他终于说道。

他没有再说什么，只是猛地转过身去，无力地抬抬手。

"完了……都结束了……"

之后的一天，我收到了法妮的讯息，我惊讶而惶恐，因为为了慎重起见，她通常不会跟我联络，我们约定只有和我确定行动日期时才会与我联系。

她约我在离圣彼得堡一小时路程的巴甫洛夫斯克见面，在库萨尔音乐大厅。

巴甫洛夫斯克有场钢琴小提琴独奏会。我们在连着演奏大厅的前厅见了面。演奏大厅里，拥挤在一起的人群静静地听着舒曼的曲子。我还能记起当时的和弦，节奏明快。

法妮又化装成了农妇模样。我向她强烈抗议，即使她不穿这身古怪的衣服，我们的角色扮演游戏也已经足够戏剧化，足够恶趣味了。

事实上，在之后漫长的革命经历中我学习到，过分的谨慎反而更容易使行动败露。头扎红色方巾，犹太人的鼻子，厚厚的嘴唇，她的样貌比一张真正的护照更能泄露她的身份。幸好人群密集，而且没人看她，或许她被人当成了女佣。

我们离开大厅，来到公园。日落时分，雾气开始升腾，形成厚重的云团。我们坐在一张长凳上。大雾如墙壁一般将我们包围起来：离我们两步之遥的地方有一棵紫杉，半棵树的树干都被白色雾气掩盖了，浓浓的雾气像是切开树叶冒出的白色乳汁。空气中飘浮着植物的气味和甜甜的味道，刺激了我的喉咙。

我猛咳起来。法妮不耐烦地取下了头上的红手帕。

"坏消息，同志。将硝化甘油保管在家里的绿蒂·弗兰克尔死于一场爆炸。日内瓦的人决定把保管炸药的工作交给我。需要的时候我就能拿到炸药。行动估计会定在秋天。我带来了瑞士方面给你的信。"

我接过信，无意识地揣进口袋。

法妮神经质地笑起来：

"难道你准备把这些信塞进大衣里面，然后落入密探之手？读完信就烧掉。"

我看了信，提不起一丝兴趣。尽管如此，我还是用烟头点燃信件,踢散了灰烬。法妮向我靠过来。

"是真的吗?"她如饥似渴地问,"同志,你在涅尔罗德亲王终结前几小时见过他,是真的吗?"

"是真的。"

她问问题的声音尤其低沉,让我窒息。她绿色的瞳孔中闪烁着狂野灰暗的火焰。我说,我听见了亲王与教育大臣之间的对话。

她不作声,只是听着。不过我似乎能从她眼中看到她的思想。她贴近过来,直勾勾地盯着我。

"天哪!"她最后说道。

她没有说下去,似乎找不到合适的字眼来表达她的厌恶:

"他们说什么了?"

她烦躁地退了回去。这时的雾气更浓了,法妮的脸像是突然在雾中溶化了一半似的。我听到她充满激情和恨意的声音在颤抖。我自己也因疲倦而躁动不安。她催促我快点回答。我耐着性子说,他们说的有些话还是有道理的,不过多数都是蠢话。我明白,要向她解释是徒劳的,这两名政客被人畏惧,遭人怨恨,只因为他们也会犯错,他们缺乏判断,他们也有梦想。在我看来,他们和其他人类一样,不过是些能力有限的可怜的生灵,我,也不例外……她希望在我的话中找到隐含的消极的意思,然而根本没有。

这时,音乐声戛然而止;人群从音乐大厅里四散开来,缓慢地涌上公园的小径。我们就此分了手。

十六

当阿伦奇克遗孀,那个玛格丽特·伊杜阿勒多芙娜介绍的年老的犹太人到来时,我正在库里洛夫的卧室里:他感觉很不好,他的妻子请求我,一注意到他过于疲劳或是体质下降,就停止他的会客权。事件发生已经四天了。这段时间里,所有事务都被搁置下来。在亲王家中,棺木里放着残存的尸体碎片,神甫们在棺材旁边为死者灵魂的安息念着祷词。库里洛夫总是花上半天时间待在这里,另外半天在教堂。

最后到了第五日,亲王终于得到安葬。

不少与凶手有同谋嫌疑的人被逮捕。库里洛夫想参加所有对这些被他称为"人面兽心的怪物"的审讯。很快,其中两名犯人被处以绞刑。

库里洛夫筋疲力尽地回到家,一句话也不说,叫佣人和雇员的时候又大声吼叫。只有对我,他才会表现出耐心和礼貌。的确,他似乎对我心存善意。

会见阿伦奇克遗孀的事,自然也和其他接见一同推迟了。

库里洛夫在一间我过去从未见过的大房间里接见了她。房间里挂满了皇帝的肖像,放满了波别多诺斯采夫和亚历山大三世的纪念物,都保存在玻璃里,上面贴上了小标签,好像药店里的瓶瓶罐罐。绯红的窗帘放下了一半,透进晃眼的光线,帘子像是染上了鲜血。他面无血色,一动不动。他穿着白色的制服上衣,领口处和肩膀上都别着勋章。他把手放在桌上,厚重的金戒指经过精心雕琢,上面镶有色泽光鲜的红色宝石。这一切形成一幅不正统的冰冷画面，极具视觉冲击。

有人将阿伦奇克遗孀领了进来。她是个矮小瘦弱的女人，全身哆嗦，满头白发，五官都像鸟嘴一样尖尖的，形成了钩形的面孔。她穿的一身丧服在阳光下绿幽幽的。她向前走了三步就停住了，满面悲伤。

库里洛夫用低沉而又柔和的声音问话，口气与见其他走关系进来的下属一样：

"您就是信奉犹太教的萨拉赫·阿伦奇克？"

"是的。"她叹着气回答。

她将双手交叉，放在腹部，明显地打着颤，她自己却一动不动。

"请靠近些。"

她像是没有听懂，抬起头来不解地眨着眼睛，眼中流露出屈从和对神圣事物的恐惧。

他合上眼睛，头向后仰去，心不在焉地用手指轻轻敲击桌上的一封信，等她开口。

可是她始终缄默不言。

"您看，夫人，"他大声说道，"是您要求见我的，不是吗？您有话要对我说。您想说什么？"

她小声说：

"大人，我认识您的妻子，玛格丽特·伊杜阿勒多芙娜……"

"我知道。"他无情地打断她的话，"照我看，这与您要说的事毫无关联吧？"

"没有。"她结结巴巴地说。

"那么，请说重点，夫人，请说重点。我的时间是宝贵的。"

"关于雅克·阿伦奇克事件,大人。"

他示意,他了解此事。

她不再说话。于是他叹口气,拿出资料翻找了一会儿,飞快地读出来:

"'我,签字人……告发皮埃尔·马佐乌尔奇科,二班的助教……'嗯!……嗯!……'犯了迷惑我儿子的罪行……'"

他微微一笑,拿起桌上另一份申诉书读了起来:

"'我,签字人,弗拉基米朗科,……中学教师,检举雅克·阿伦奇克,犹太教徒,十六岁,涉嫌煽动同学参加暴动和破坏性活动。'您肯定事情的真实性吗?"

"大人,我可怜的孩子是一个间谍煽事者的牺牲品。我本以为检举了马佐乌尔奇科就够了,他是我儿子的辅导老师,是他让我儿子读了这些东西……这些书……我是个寡妇,一个可怜的女人。我一点也不知道,我又怎么能知道呢……"

"没有人责备您什么。"库里洛夫说。他冰冷高傲的口气已经使这个女人僵住了。"您想要什么?"

"我不知道怎么与大人的手下扯上了干系。就是他,检举了我儿子。我是个寡妇,可怜的寡妇。"

我看着她交叉在身前的双手,黑黑的手上满是皲裂,像伤口一样腐烂;实在是可怖的场景。我发现库里洛夫也在看她的手,虽然被惊得哆嗦,却似乎有种吸引力,让他看得着迷。然而手上的伤痕并不是某种罕见的疾病造成的,而是经受了洗涤液、工作、沸水的折磨,还有岁月的侵蚀。

库里洛夫皱起眉头,我见他两手烦躁不已,重重地将桌上的文件翻得乱七八糟。最后终于说:

"您的儿子已经被学校除名。我会考查他，若他真心悔过，我将批准他继续学业，如果他有此资格的话。毕竟到现在为止，他是学校成绩最好的学生，我看过报告，而且他还这么年轻……最后，是您给儿子打开这条大道，您独自一人，年纪又这么大。如果您为您的儿子担保，为他的政治观点负责……"他的口气越来越冷淡，越来越烦躁。

她没有说话。他点头示意会见结束。

这时，她第一次抬起双眼。

"大人，那个，他现在已经死了……"

"谁死了？"库里洛夫问。

"他……我的小雅克……"

"什么？您的儿子？"

"他自杀了，两个月前，大人，因为绝……因为绝望。"她含糊不清地说。

突然间，她大哭起来。她卑微的哭相实在难看，不时发出呼噜声，让人恶心。她小小的脸呈现出深红色，一时间被泪水浸湿，憔悴的嘴唇也湿了，颤抖着张开，剧烈的抽泣撕裂扭曲了一侧嘴角。

她哭得越凶，库里洛夫的脸也变得越阴沉、越苍白。

"他什么时候死的？"他最后用金属般冷酷的嗓音问，尽管面前的女人已经说过了，他还是像没有听见一样机械地快速说道。

"有两个月了。"她重复。

"那么您来我这里有何要求呢？"

"请求救济。读完中学之后，他原本可以帮我。他每月已经可以挣十五卢布了。现在，我成了一个人。我还有三个孩子要养活，大人。雅克自杀是因为他被学校错误地开除了。我带来了学校校长的一封信，证实了这的确是个错误，在我儿子房间里找到的书和文稿都是马佐乌尔奇科故意放进去的……是大人的手下做的，他还要求一百卢布的赔偿金，我们根本付不起这笔钱。我这里有事实的真相、确凿的时间和罪犯的供认。"

她把几张纸递给库里洛夫，库里洛夫用两指夹住纸张，像拿起一块抹布，然后一眼没看就扔在桌上。

"如果我没理解错，您是在指控我杀了您的儿子？"

"大人，我只是，请求救济。他才十六岁。您也是位父亲，大人。"

她的身子剧烈颤抖着，从口中艰难地吐出几句话。

"可该死的！您为什么来这里？"他粗暴地吼道，"您的儿子，您的儿子，我能做什么？他已经死了，上帝带走了他的灵魂！就这样了。请您出去，您没有权力跑来用您的故事扰乱我的工作，您听见了吗？"他怒斥道，"请您出去！……"

他大发雷霆，两眼充满了惊恐。他一挥手，横扫桌上的东西，信件纷纷飞落地上。

年老的犹太女人惊得脸色煞白，刚想离开，突然她谦卑固执的声音又响起了：

"只要一点点救济金，大人，您可是位父亲啊……"

我看着库里洛夫，见他的手动了动。

"去吧，"他说，"请把您的地址留给办事处。我会给您寄些钱去。"

猛然间，他仰头靠在座椅的靠背上，哈哈大笑起来：

"去吧!"

她消失了。他则继续大笑,忧伤而焦躁的笑声听上去是那样诡异。

"卑劣的老女人,愚蠢的老家伙。"他重复着,声音因厌恶和愤怒而微颤,"我们走吧,有人会为她儿子付钱……这种人如何值得同情?"

我没有回答。他闭上了眼睛,像往常一样,表情粗鲁疲倦。

我努力猜测他的想法。但是当他睁开双眼,就立刻回到了难以参透的表情。我记得,我对这名老犹太女人的事进行了思考,思考她荒谬的行为揭示出的绝望、无知和不幸的深渊。也正是在这天,不知为何,我第一次,一想到要杀死这个严肃的蠢货,就感到恐惧。

十七

刚过几个月，老犹太女人的事情便结下了苦果。我不知道库里洛夫因亲王的逝去产生的痛苦是否夹杂着对他本人命运的担忧。我并不这么认为：他过于自负，甚至没有意识到这个老亲王对他是多么有利，亲王的威望足以让某些人断了玩阴招的念头。然而那几天里，他对我说了许多遍：

"他对友人绝对忠诚……他是个正直的人，我们可以完全信任他。这在世上是鲜有的，年轻人……您瞧着吧……"

如果说他还抱有些许幻想，那么开始出现的几封匿名信足以打破他的幻想。

到这时，一直垂涎教育大臣之位却畏于得罪亲王的达利也改变了对抗库里洛夫的方法。亲王一死，游戏便开始了。

他赶忙向宫廷内外散布谣言，说国民教育大臣受到罗兹的老犹太女人威胁，威胁他要揭露"关于美丽的玛格年轻时候的丑闻，说玛格当时还是演员，巡演时住在罗兹，她在那里秘密堕下一胎，帮她堕胎的正是这个犹太女人，老接生婆。玛格得到了令人羡慕的婚姻，来到了彼得堡，唱歌给大臣听。"他给出的证据，就是库里洛夫的的确确给了老犹太女人的那笔钱。于是人们抓住了这一点，开始明目张胆地谈起玛格丽特·伊杜阿勒多芙娜的古老故事来，所有这些故事在她刚结婚的时候，人们只敢窃窃私语。或许有不少故事是真实的，几乎没有歪曲；她年轻时的艳事和与涅尔罗德的关系是不可否认的。这点尤其引发了公众的愤慨。

"真是肮脏丑陋的故事!"达利厌恶地说。

有人说,她还有其他情人,库里洛夫保护着他们,"就像他自己被亲王——她的前任情人保护一样"。

"真是个好法子……她很清楚,有了这个丈夫做靠山,还有众多的新老爱慕者,对她来说,相当于军队里两个最棒的军团——骑兵卫队和骑士亲卫队。"

事实上,这些流言中有一部分确有其事。可是还有人指责她也做小库里洛夫——伊波力特的情妇,由于她经受不住折磨,最终做上了年老丈夫的"爱妻",成了干净的女孩。这种说法和法妮告诉我"群岛湾的别墅里举行着下流酒会……"一样荒唐之极。

令我难以置信的是,熟识库里洛夫的人竟然也相信这些无稽之谈。可怜的库里洛夫,虔诚、谨慎、多虑、懦弱的库里洛夫,根本做不出人们指责他的那些事来……尽管像弗莱里希说的,他并不是一个"道德高尚的人"。他的私生活比任何瑞士小市民都要平静,但是,这样的平静不是永恒的。他充满热血和激情。几年前开始,或许因为宗教限制,为图小心谨慎,他只得收敛起来;他尤其憎恶敌人抓住他一直渴望改变、不为人知的弱点,无凭无据地胡乱猜想……他的性格中有一点我无论如何也不能理解……他一面真心地信仰着上帝,一面却又玩弄着阴谋花招……不过,他的其他性格,我全部了如指掌。

没过多久,阿伦奇克遗孀的故事便占满了各大报纸。极右派的报纸控诉库里洛夫是"自由主义者",是"对革命思想的纵容",因为他给一个有革命嫌疑的小犹太人的母亲提供援助。相反的,国外出版的革命刊物却说,这个女人的儿子是被库里洛夫养着的警察和间谍煽事者谋杀的，意图销毁牵连教育高官的重要文件。

沙皇并不插手此事。虽然这个懦弱的男人从来没有产生过任何强烈的感情，但是他憎恨库里洛夫。他也听到一些风声，听到他的教育大臣不够谨慎的言辞。他猜到，库里洛夫在等着米哈伊尔大公，他的哥哥得到皇位的那一天。（那个时候，继承人阿列克谢还未出世，不过沙皇和皇后坚信，会有儿子来继承皇位。）

最终，库里洛夫一如既往的愚笨让他找到了与他的同事——内务大臣关系破裂的法子。间谍煽事者属内政部门编制，内务大臣不能原谅库里洛夫否定他的人。

白天黑夜，信件、文书如雪片般飞来，虽然政治倾向不同，却一律敌视库里洛夫。他的桌上堆满了成捆的信。

玛格丽特·伊杜阿勒多芙娜尽力在信件送到库里洛夫手里之前就把信偷走。可是无论她如何小心，信还是命中注定般落在了她丈夫手中。他从不在我们面前看信，有时还故意扔掉。但他还是忍不住瞥了一眼，立刻被蓝笔勾出的文章标题震慑住了。他示意叫来佣人：

"给我烧掉，这些垃圾……"

当佣人拾起散落一地的纸片，他贪婪而好奇地盯住这些纸，暗淡的大眼珠瞪得像要掉出来似的，像被人掐住脖子快要窒息的动物。最后，佣人走了出去，带走了邮包。库里洛夫转向我们：

"去用餐！用餐！……"

孩子低声说话时，他闭口不言，无意识地一遍一遍看着我们，心不在焉。有时，他不能很快控制住情绪，嘴唇依然微微颤抖。他总是突然冒出一句话，怀着强烈的憎恨和蔑视，吐出一个又一个字眼,声音越发尖刺无情。随后,他陷入深思,叹着气爱抚坐在旁边的儿子的头。

这几日,他比以往更加耐心、更加和气。我将朗恩堡教授嘱咐的煮沸的敷剂敷在他的肝部,他顺从地忍受药剂的灼热,仿佛要以身体的痛苦向上帝换取敌人的愧意。

十八

为了给他治疗,我每天清晨都在他起床的时刻来到他的卧房。打开的窗前,他仰面躺在长椅上,身着猩红色丝绸睡衣,衬出他苍白阴暗的两颊,仿佛内心正在喘息。浅褐色的胡子几天来慢慢变白,黄色的皮肤、紫色的黑眼圈使深凹的眼眶愈加明显,鼻梁两侧细小的青痕透露出他日益加剧的痛苦。他明显消瘦下去。褪去衣物,我看见的是肌黄的肉,重重地耷拉下来,像件过于肥大的衣服;穿上制服,他的胸前别满勋章,形成一件并不存在的护身胸甲。

很明显,朗恩堡的敷剂就像对死人不起作用一样,对他的肿瘤也丝毫无益。

每天早晨,他的儿子都会来。他抱着儿子,抚摸他,硕大的手掌轻轻地抚过孩子的前额,将头发顺向后方,温柔地摸着孩子长长的耳朵。他拉着他的耳朵,那种温情深厚而奇特,像是生怕下手太重弄疼了孩子。不过他很快镇定下来:

"看看,看看,他长得多壮,不是吗,勒格朗先生?去吧,儿子……"

在他女儿面前,我又见到了外人面前的库里洛夫,冷漠无情的男人,不动声色地对她发号施令。我总是不自觉地对伊丽娜·瓦列里亚诺芙娜产生厌恶感,而这对夫妇——"抹香鲸"和老女演员,却能令我欢喜,令我感动,为什么?我不知道……

我一边写书,一边回忆,有时也会胡思乱想,可是我无论如何都无法解释自己为何会对这两个人产生好感……实在不可思议。也许，我自幼生活的世界就是个"玻璃笼子"，没有接触过真实世界？第一次，我见到了真正的人，不幸的人，见到了他们的野心、谬误，他们的愚昧……但是我没有时间思考这些！我只想回忆这段被遗忘的陈年旧事……总比乖乖地待着，无所事事地等待死亡要好。完成党的工作、向工人宣传卡·马克思的思想、翻译列宁的著作、将社会主义教义一段一段宣读给这里的布尔什维克小资产阶级听！……我已竭尽所能。但是，我重病在身，我疲惫不堪。这些过去的回忆能让我放松，令我麻木，不再去想无用的战争回忆和胜利过往。对我来说，过去的辉煌已一去不返……

我记起，那段时期，宫里接见了一名外国君王。那天，库里洛夫准备进宫……他几乎直不起身子，两个佣人为他更衣，在他周围打转，将勋章别在胸前，仪式专用的制服下束紧了腰身。他背后穿着一件用带子束紧的胸衣，包住外衣下身体病变的部分。

我在隔壁的房间，听见他束紧身子时痛苦的喘息。

他坐上车，不可一世地挺直腰板，身上闪着金光。车开动了。

他傍晚才回来。刚回来，玛格丽特·伊杜阿勒多芙娜的一声尖叫惊住了我。我猜测他一定痛苦不堪，大概从下车开始就由侍从搀扶着，这才进了屋。我极度惊讶的是，这个往常相对平静耐心的男人，因为其中一名侍从不小心撞到了他的胳膊便大发雷霆，将他骂得狗血淋头，还不停打他。

被打的侍从头戴帽徽，长着一张朴实温和的农夫的脸，霎时间吓得面无血色，直挺挺地站着，一动不动，像在接受检阅。他一副老实模样，大眼睛傻傻地盯着主人，像头迟钝的老牛。

当击打的声音回响起来，库里洛夫自己也怔了一下。他停下手。我看见他的嘴唇上下摆动，可突然间，侍从的脸孔似乎又激起了他的怒火。他挥舞着拳头吼道："滚开！无赖！狗东西！……"紧接着，他用俄语大声骂了几句，突然倒了下去，不是失去了知觉，而是像发狂的动物受到重击一样倒下。他扭动脖子，就像腹部被刺枪深深扎入的公牛。他吃力地站起身来，推开我们，一个人摇摇晃晃地爬上楼去。玛格丽特·伊杜阿勒多芙娜和我跟在后面，进了卧室。他解开衣领，不断地呻吟，直到他躺下，妻子轻抚他的额头时，他才安静下来。我不打扰他们：她坐在枕边，轻柔地对他说话；他，闭着眼睛，脸孔激动得不断抽搐。

我原以为当晚他会叫醒我，让我陪在一边，像每次发病一样；但是他没有叫我，似乎害怕在我面前又说出冒失的话来；他妻子独自一人陪在他身旁。

第二天我见到她，向她讯问库里洛夫的病情。她挤出一个微笑：

"哦！没有关系……"

她重复了许多遍：

"没有关系，没事……"

她点着头，嘴唇在颤抖。她用深邃的大眼睛看着我：

"如果他能休息几个月……我们可以去巴黎住住……巴黎，春天一到，栗树开满花朵……唉！您见过吗？……"

她沉默了。

"男人总是野心勃勃。"她突然叹着气说。

后来，我得知在宫里发生了什么，至少听到库里洛夫的敌人是这样描述的：沙皇是怎样接见他的教育大臣的呢？他烦躁不安地拨弄着桌上的铅笔。近臣都知道，这是祸事的先兆。他们走进房间还未开口，尼古拉二世连眼都不抬一下，收拾起桌上的物品文件来。

"你们知道，我不想干涉你们的私事，不过，至少给我避免丑闻。"

有人说，这句话一字不差，就是沙皇的原话。之后，我斟酌再三，觉得沙皇如此的言辞相当过分，责备之辞过于粗俗了，应该更加含蓄，难以觉察，皇上只需稍稍改变语气的冷漠程度，皇后只要扭过头去……

后一天，我在场时，有人含沙射影，暗示外国君王访问时发生的事。

库里洛夫苦涩地说道：

"陛下竟然忘记了我的存在……他甚至没有把我介绍给国王。"

没有人说话。谁都明白这意味着什么。其实一段时间里，"抹香鲸"职位不保。我心里升起一种奇特的狂喜。

"噢！让魔鬼带走他吧！"我幻想，"让他离开，让他丢下教育大臣的职务，他将安静地生活，直到癌症把他带向死亡！"

必须杀死这个男人的念头让我心中充满恐惧和抗拒的心理。盲目的人哪，死神之手已经伸向他，在他脸上投下了死亡的阴影，可他关心的，依旧是那些徒劳的梦想和不能实现的抱负。这几天他重复了多少遍：

"俄国会忘记我的敌人，但是她不会忘记我……"

这是多么奇怪滑稽的事啊！他早就忘记了自己害死过多少

人，只因为他没有及时给出清晰的指示，或是因为他一手建立的间谍系统一时失手。他仍然在乎后代对他的评价，要求后代在他与无赖达利，或是和他一样的无能之辈中做出选择！……

我还记得……那是在花园里，我们坐在长凳上。库里洛夫、他的妻子、女儿都在。女儿心不在焉地听他说话，稚嫩而清秀的脸庞毫无表情，难以捉摸。可以看出，这一刻她的思想离开父亲远远的，迷失在自个儿的幻想之中，对父亲的愁思毫不关心。他沉默不语时，她继续摆弄脖子上长长的金项链，心不知飞到了哪里。他转过脸来看着她，眉头紧锁，神态忧伤而愤怒。小伊万在远处奔跑，唤着狗儿；可以听见他的声音，上气不接下气；他长得很胖，呼吸总是很急促……

我看着如浓雾般的蚊群从海湾阴沉的水面上方缓缓升起。所有集结在我周围的生物都像这些蚊子嗡嗡作响，飘浮在水塘上方，搅得人不得安宁，在水泡泡上飞来飞去，然后消失不见，鬼才知道为什么！……

十九

伊丽娜·瓦列里亚诺芙娜的生日在六月。六月中旬，库里洛夫的别墅里就开始准备舞会了。

库里洛夫意欲邀请沙皇和皇后，炫耀给他的敌人看，让他们知道，尽管流言漫天飞，他还是稳坐教育大臣之位，受皇上垂青的。没有人会被这种手段所骗，不过，这还是会稍稍改变他在别人心里的印象，库里洛夫自己也能借此重拾信心。

沙皇还不至于冷漠到做出对他的大臣不利的决定来。一大笔钱被作为封口费送给反动刊物，而自由刊物则依旧胡言乱语。不过在库里洛夫眼里，自由刊物不值一提。

我本以为玛格丽特·伊杜阿勒多芙娜会在生日会前被迫离开圣彼得堡，于是日日等着她离开。事实却并非如此，她留了下来。她并不关心生日舞会。大臣本人亲自监管所有准备事宜。他仍旧脸色苍白，不安地凝望这个世界和他周边的人，疑虑重重。

一天在花园里，我再次冒险，悄悄跟着达利和"抹香鲸"。他们在谈着什么。达利一脸邪恶地看着库里洛夫，紧闭的薄嘴唇无声地浮起一丝微笑。

我觉得有几次，他们听见了我跟着他们：每走一步，我脚下的石子都咯啦作响。不过当他们坐下，我也在精心修剪的黄杨树篱后面站定，躲好，他们便忘记了我。我听见达利说：

"亲爱的瓦列里安·亚历山德罗维奇，虽然您不邀请亲朋好友便会得罪他们，这是您不愿看到的，但是让沙皇陛下混在您的亲友之中更是不可饶恕的，那么，您为何不为亲王大公、显贵要人和夫人们单独举办一场晚会呢?在孔雀石大厅。"

"您这么想?""抹香鲸"怀疑地说。

"我一直在考虑。"

"或许……对,这个方法甚好……或许……"

他们沉默了一会儿。

"我亲爱的朋友。"库里洛夫开口说。

达利歪着脑袋,微笑。

"愿为您效劳,我亲爱的……"

"您要知道,沙皇和皇后陛下自从我的前妻去世,就再没来过我家……"

"从您再婚开始,我知道,亲爱的……"

"现在,要想请动陛下,实在很难。我……找人打探过了。您看,我有一份名单,善于舞会交际的夫人的名字都在上面……另外,听说皇后陛下近来极少出宫;您可以想象,如果我再遭拒绝,我的日子可就难过了。"

他把名单念给达利听,每读一个名字,都被达利一声冷笑打断。达利轻拍他的手臂:

"不行……不行……这个不行……看她的为人……陛下还曾经加以指责……另外,这个是离了婚的,行为可谓伤风败俗,遭到皇后陛下的厌恶,虽然可能只是子虚乌有的传言。您肯定不能想象,我亲爱的,在宫里,严守戒规的风气几近清教徒那么严格……您明白吗?"

"我明白。"

男爵不再言语,只是盯着"抹香鲸",神态严肃、讽刺。

"这是潮流,亲爱的……"

他耸耸肩。"您应该清楚我想说什么?"他似乎在用一个个眼神、一次次微笑表达相同的意思:"我想,您在猜我影射的是谁,还有您的位子动摇到什么程度。"

最后他们终于开了口,小心翼翼地压低了声音,谈论起库里洛夫的女儿。她似乎被看作了年轻的阿纳托利·达利可能的结婚对象。

"我们两家的联姻是众人所望。"库里洛夫违心地说,语气惶惶不安,"我很喜欢您的儿子……他们两个还是孩子……"

"是啊,"达利冷冰冰地说,"真是个好小伙……但是他还年轻,那么纯洁!要给他时间体验生活,年轻气盛,做做荒唐事。"他用法语说,笑得极其做作。

"当然,当然。"库里洛夫低声说,"不过……"

他表面上言辞谨慎,自知分寸,饱含父亲的尊严,可是他的心里,焦躁和恐惧正在翻腾……

他天真地把女儿献给达利,像是祭献给发怒的神灵。我得知,这个年轻女孩十分富有:库里洛夫前任妻子的财产尽数留给了孩子;库里洛夫为了与玛格丽特·伊杜阿勒多芙娜结婚,放弃了自己的部分。我从来没有见有人慷慨到如此愚笨的程度的……

达利的个人储蓄已经多到难以想象的地步,我这才明白,与库里洛夫相比,达利的地位远比库里洛夫想象的要牢固得多。记得当时,我小心地听他们对话。突然我抬起头来,仰望着天空,水塘是多么安静。我忽然深切地渴望安宁的生活,做一个微不足道的小市民,远离这纷繁的尘世。

这时,达利和"抹香鲸"终于定下了一个女人的名字,我不知道是谁,只知道她是皇后的朋友。

"这个女人不错,应付这种场合她很有一套。"达利说。

库里洛夫叹口气:

"您认为皇上皇后真的会大驾前来?"

"我会尽力的。"达利点头许诺,一副庄重而又疲倦的神态。

"唉!我还是没有机会有幸博尊贵的皇后一笑。"

"当然有,当然有。"男爵含含糊糊地咕哝,"毕竟,皇后陛下也是女人(他犹豫了一下,音调稍有改变,似乎深含歉意,责备自己将庸俗的字眼与皇后神圣的称呼用在了一起……),容易激动,像德国人一样直率,心直口快。多么美丽的心灵,太美了,也许过于高贵,所以从不为世间小事忧心烦恼。"

"的确是这样。"库里洛夫热情地赞同,"在这世上,没有人,如果允许我这么说(他似乎很喜欢这种说法),没有人像我这样崇敬、热爱皇后陛下的。可是我必须承认,马吉耶·伊里奇①,她对我没有好感。或许因为我的刚强性格伤害过她,触怒过她。要当好皇后,她首先要是个女人,就像您刚才说的。"

"那真是遗憾哪。"达利似乎在暗示什么。

他慎重的声音里冒出一声口哨。

就这个问题,他们又开始谈论朝臣与君王的为人处世。过了很久,库里洛夫突然说:

"马吉耶·伊里奇,当初皇上让您给我带来他的口谕,有关我的妻子是否参加生日宴会的事。您能好事做到底,帮我回复陛下吗?……"

---

① 达利男爵的名字。

他停了一下。我听出他的声音有些失常,因恐惧而颤抖。他鼓起勇气,放开嗓门说道:

"您能对皇上说吗?说玛格丽特·伊杜阿勒多芙娜,我的'妻子',还未离开圣彼得堡,她只有在向陛下表达过感激之情后才会离开。"

达利暗暗犹豫了:

"当然,我亲爱的……"

"我已经厌倦了暧昧不清。我希望我的妻子(他再次强调这个词),我的妻子可以受到所有人的尊敬,受到我的姓氏带给她的尊敬。我考虑了很久,马吉耶·伊里奇,如果这次我仍然屈从,对我妻子的不敬将会以其他方式卷土重来。我很清楚,从我坚持把妻子引见给王室的那天开始,折磨就跟着开始了。我知道……不过,我希望事情明明白白。如果皇上拒绝前来,说明我的职位已经不保。我会毫无遗憾地递上辞呈。我是病人,疲惫不堪的病人。"

沉默持续了许久。

"就这么说定了,亲爱的。"达利重复说。

于是他们就此分开。达利离开花园,库里洛夫仍然坐着,坐在离我两步距离的长凳上。我将他看得一清二楚。

白天是炎热的,雾气朦胧;夏天的小苍蝇嗡嗡作响。库里洛夫面无血色,纹丝不动。突然,他深深地呼出一口气,像从心底里呼出来似的。我久久凝望他。最后他站起身,慢悠悠地走到小径的尽头,像是累了,又像在沉思,手杖敲得面前的碎石乱滚。不过一上到通向屋子的笔直的大路,我的库里洛夫便挺直了腰板,昂首阔步向前走去,像是习惯走在两排鞠躬的人中间一样。只是此时,他的身边空无一人。

二十

从第二天开始,整个房子便聚集了成堆的人群,如蜂箱一般,好不热闹。钉挂毯的钉挂毯,拆隔板的拆隔板。

在我的记忆中,皇后久久未给答复。库里洛夫越来越焦躁。从早到晚,都可以看见他迈着沉重的步伐,颤抖着在房子里穿来穿去,踩得木地板咯咯直响。面对秘书、佣人,他性急而严厉。我尤其记得他对女儿说话时满怀敌意又漫不经心的口吻。有时,他会偷偷瞧一眼玛格丽特·伊杜阿勒多芙娜。我想象着他力图在对她的爱和自己的野心之间找到平衡。每次,他无奈挤出点微笑,看似温和,转过身去,他又开始叹息。这段时间,法妮每晚都在公园的小栅栏旁等我,向我讲述大学里的迫害事件、闻所未闻的暴力镇压的骚乱、针对学生的逮捕和流放。我回想起一种诡异的感觉,库里洛夫由于愤恨而颤抖的声音、他全无血色的脸孔,不断浮现在我眼前……学生是正确的,库里洛夫也是。这两者又有什么区别呢?人就像小虫,只想着自己,想着自己受威胁的昆虫般的生命,仇恨、蔑视他者,就是这样……唯独我,我完全了解他们,所有人。这不过是一场游戏。上帝需要他一手创造的人类更加混乱。

时间过去了,皇后仍旧没有回音。然而,无数的画匠和织毯工人还是不停地涌向房子。有段时间,要在花园里举办晚会成了个问题。

像我描述过的,园子就在宅子前面,园子里的小坡前是水塘,北边这个凄凉的水塘被冷杉、荆棘所包围。我猜测,库里洛夫是准备在水上搭一座浮桥,又想给音乐会的演奏者穿上奇装异服。可惜他好意做出的东西和他原先的设想大相径庭。伊波利特·库里洛夫给他做帮手。

库里洛夫永远也无法衡量他的侄儿声望到底如何，也不知道侄儿给他的名誉带来多少损失。他尽最大力量把侄儿向上推。可是正因为这个侄儿，库里洛夫才总被人指责以权谋私，照顾了那么多自家亲戚，危害国家。

"他自己是不偷，"有人说，"但他也没为人民赢得什么。他把近亲安排得到处都是，他的亲兄弟，他的表兄弟，这些人没一个不偷钱的！"

库里洛夫的第一任妻子抚养曾经是孤儿的伊波利特长大。妻子死后，他继续一丝不苟地完成她的遗愿。这是他性格的一大特质，忠实到愚蠢，老实到刻板，往往让他放松意识，犯下无数过错，造成了巨大灾难。

他前妻的房间完全保持原样，里面挂着一副巨大的伊波利特·库里洛夫的肖像画，由金色小环组成的画框包围着。画中的他，长长的脸同样灰白。

每天晚上，库里洛夫都和侄儿一同来到水边，丈量土地的大小，商讨乐队的位置和灯笼的颜色。

伊波利特·尼古拉耶维奇在岸边奔跑，挥动双臂，指着水塘。

"您想象一下吧，我的叔叔，远方的大海，在月光下闪闪发光，鲜花的芬芳四处飘散，音乐在水面慢慢减弱，还有夫人们的艳妆，简直是一幅华托①的油画！"

他的小舌音发得很亮，将白胖的双手举在空中。他前胸高高

---

① 华托（1864—1721），法国洛可可艺术画家，一生画了许多耽于享乐的贵族生活题材作品，在美丽的风景中描绘情人调情、演奏音乐、舞会等场面，开辟了所谓"雅宴派"的新领域。

隆起，脑袋向前勾，像长了个罗锅，长长的脸毫无血色。

"这自然要花上一大笔啊。"他漫不经心地说，"交给我吧……"

这片凄凉的岛屿上，连黄昏也变得格外冷清。我记起，天上落下雨滴，打在寂静的水塘里啪啪作响。落日在地平线上徘徊，直到清晨，初升的太阳被烟雾笼罩，呈现出黯淡的红色……

库里洛夫神色阴沉地听着侄儿的话，常常把我叫过去：

"您怎么想，勒格朗先生？您不常说话，但很有品位。用什么颜色的灯笼？绿色？"

他并不听我回答，只是望着平静的水面，然后踏着来时的脚印回去，一面叹息。

最后，库里洛夫决定亲自去问沙皇，如果沙皇同意大驾前来，就同时呈上来宾的名单。

这天，我陪同教育大臣去冬宫。去坐马车时，他看到几个前来求情的人站在院子里。他们从早上开始就等在那里了；大雨将他们逼到了挡雨板下面，活像一群家畜。"抹香鲸"一出现，他们畏畏缩缩地向前走了三步。库里洛夫厌烦地挥挥手。两个侍从走上前来：

"嗨！走开！"求情者一下被驱逐了出去，关在栅栏之外。库里洛夫阴沉着脸，忧心忡忡。他登上马车，示意我跟着他。真够滑稽……这天，他自己也是，被拒之门外……沙皇累了，皇后病了……

宫殿之外，我坐在沉闷的防护马车里等了很久。随后，我们踏上了回群岛湾的路。

库里洛夫静静地缩在一角，望着空空荡荡的前方。有时他语气冷淡地催促车夫，让马儿跑快些，可一旦马儿狂奔起来，他又恼羞成怒，辱骂起车夫。于是，马车又开始慢慢吞吞地走起来。雨越下越大。奇怪的是，无论我对"抹香鲸"的心境如何了如指掌，在他冰冷的面具下，仍然难以琢磨骚动他心弦的到底是什么。我的感受实在诡异，琢磨他的心思能给我精神上的满足感和身体上的愉悦。之后，在西伯利亚，我从苦役监狱逃出来，一路捕食猎物为生。当我窥伺猎物的时候，感受到的是与之相同的快感，快乐得全身颤抖。

热气从地里蒸腾上来，骤雨在朦胧中落下。可以看出，他想对我说话，想得要死，但是，这可怜的家伙又怕暴露他的心思，现在他的一个眼神、一个动作，连小孩都能看透。最后他痛苦地说：

"镀金的奴才……"

我没有回答。他也不再说话，只是背过头去，看着窗玻璃上雨水哗哗地涌下。我们穿过彼得堡的城门，走在林荫大道上。树上的枝叶满是泥污，雨水噼里啪啦地敲打着树叶，泛着银光。

有段时间，马儿走错了道。我开始观察库里洛夫。和往常一样，无论他如何控制情绪，街上的一声尖叫、车子的一次颠簸、玻璃的晃荡声，都会让他禁不住紧张地缩成一团，随后又立刻冷静下来，变成冷冰冰的模样。突然发觉他紧张的动作，我觉得无比兴奋。让他成天担惊受怕，不正是恐怖活动永恒不变的思想嘛。

这天，他神情恍惚，不再挺直腰板；一块石头挡在了马路中间，车子偏离了方向，他的身体无力地被惯性带得左摇右晃。当我询问："您哪里不舒服吗？"他像从梦中惊醒一般。我见到他满脸的沮丧和阴沉,眼睛半闭着。

"没有。"他回答。

然后他点了点头。

"真是奇怪,我感觉更好了。当烦恼占据我所有的思想时,疼痛反而得到了缓解。"

我没有说话。他叹息道:

"人总是站得越高,摔得也越重。"

"不过,"我说,"您很累了吧?您为什么不隐退呢?玛格丽特·伊杜阿勒多芙娜……"

他打断了我。

"我不能。这是我的生活,我的生活。"

他沉默了。我们回到了宅子。

库里洛夫放弃了水上音乐会的点子,决定采用达利的建议,在孔雀石大厅里举办一场演出。皇上和皇后最终含糊地答应了,不过随时都有可能取消这一行程。然而,所有的邀请函已经寄出去。

孔雀石大厅占据了二楼的一半大小,演出将在那里举行。舞会前几天,我进过大厅,见到库里洛夫在参加排演。一个年轻女孩身着路易十五时期牧羊女的服装,吹着类似风笛的乐器,声音如短笛般尖亮、刺耳。所有的家具都被搬走了,留下的只有天花板上巨大的吊灯,由威尼斯玻璃制成。吊灯有多层水晶坠子,每每与音乐共鸣,哗哗作响。

库里洛夫瞪着无神的大眼,似乎在听,不时称赞两句。终于,吹笛子的女孩走了,我们俩孤单单地站在大厅中央。

我偶然发现,搭舞台的木板没有完全盖上毯子,露出的部分拼接得零零散散，仿佛轻轻一脚下去便会碎掉。我把这一发现告诉了库里洛夫。他看着我，像刚从梦中醒来，没有回答。

我重复了一遍：

"您看，这个台子太不牢靠了。"

霎时间，他的嘴角开始抽搐，脸上闪过暴怒的表情，仿佛失去了理智。

"哼！很好！很好！天哪！他们应该被撒旦带走！……他们应该堕入地狱！"

他镇静下来，神色不安。

"别在意，我太紧张了，不太舒服……"

他离开我，走到窗前，久久凝望窗外，没有说一句话，然后，他离开了大厅。

二十一

舞会在六月底举行，我记得。

那晚，我走出宅子，在群岛湾漫步。我爱这样明亮的夜晚。我看到大道上，皇室成员的马车一辆一辆驶过。透过车窗，隐约可见这些贵人的脑袋，女人面容消瘦、傲慢，一身珠光宝气，帽子上的羽毛在前额闪闪发光；男人穿的制服，镶满了钻石和金饰，亮得诡异。夏日夜晚奇异的光线将他们笼罩，仿佛他们是梦中之人，已死之人……我记得……不久之后，在同样的夏夜，我作为特派专员，审讯嫌疑犯，一拨犯人被带到我面前，他们将在黎明被处决。我记得那一个个苍白的脸孔，记得夜晚的光辉映出他们的轮廓，记得他们盯着我的眼神。有些人疲惫至极，对一切都漠然对待，无力地冷笑着回答问题。其中只有少数人还在为自己辩护，以求生存。所有人都被带走、屠杀，没有留下一句遗言。革命，就是一场杀戮！可是，真的值得吗？……其实，没有什么是值得换取的，重要的只有生命。

我走到花园，打开栅栏，一下撞见了库里洛夫。他出来检查宅子周围集结的警察。每走一步，都能看到躲在大树后面的一名便衣。

"您在这儿做什么。勒格朗先生？快来，您将看到一场精彩的演出。"

他推着我向房子走去。透过大开的窗户，我看到，灯火辉煌的孔雀石大厅里，女人们摇着扇子，最前排坐着沙皇和几位亲王。

"您听见了吗?"库里洛夫突然小声问我。

他抬起头来,凝神倾听,双眉紧锁。

"巴赫……"

庄重而平静的乐曲仿佛从我们头顶飘过。我像他一样侧耳倾听。是著名的 R 在演奏。我不喜欢音乐,通常我对一切艺术都漠不关心。只有巴赫和海顿是个例外。

"这些就是皇室成员。"库里洛夫又说,"估计,您是第一次见到他们吧? 那位是皇后,她的旁边,是皇上……伟大的俄国绝对的主人们,他们脸上闪耀的庄严是多么值得敬佩啊!"他一本正经的口气令我又愤怒、又感动。

他抬起手,指着巨大而明亮的玻璃窗和尼古拉二世,尼古拉二世正把头转向我们,津津有味地听着乐曲。有一会儿,音乐停止的时候,我清楚地听见沙皇疲惫的轻咳声,他把戴着手套的手举到嘴边,低下头去。

"请允许我留在这里,"我对库里洛夫说,"大厅里有些闷。"

他丢下我,回去了。

夜,一样闷,偶尔几道闪电劈下。我看到人群站了起来;我听见脚步声、军刀与石板地面的撞击声。亲王们走到隔壁的客厅。客厅里,夜宵早已备下。我在窗户底下徘徊,隐约望见沙皇,手里握着一只高脚杯,又看到伊娜身穿白色长裙,玛格丽特·伊杜阿勒多芙娜头上别着钻石头饰,上衣别着一小支玫瑰,还见到一堆陌生的面孔。

我呼吸困难,空气一定是停止流动了。转过花坛的时候,我撞在一个警察身上,他见过我和教育大臣说话,并不打扰我,只是出于职业习惯,机械地跟在我后面,沿着小径走。我叫住他,递给他一根烟。

"今天晚上工作不少啊?"

他皱皱眉头。

"屋子的保卫很严。"他支支吾吾地用法语说,带着浓重的德国口音。

他用手指摸摸帽檐,随后消失在暗处。

这样散步还真是奇特的经历,我走在花园里,就在暗处无数警察的眼皮底下。那个时候,我很少考虑自己的真实身份。我像是活在醒着的梦里,既明晰又混乱。这个夜晚,我头一次想到自己,想到我即将面临的死亡。不过,我无论如何也提不起兴趣……记得当时我想:"我必须带上炸弹,而不是手枪,让我和他一起被炸飞……"这样说真是奇特,教育大臣和我可能会同时断气……我感到由衷地骄傲。暴雨与随之而来的沉闷天气让我透不过气来……我就快窒息了。我仍旧在遐想:"闭上眼,睡吧……"龌龊的人类……不可理喻……人可以轻易地杀害陌生的人,杀害一个个人类生灵,就像我所见过的那些人,在一九一九年的那些夜晚,不知杀害了多少生命……就连他们自己也难逃一劫……

当我审讯他们:"您的姓名?籍贯?"问他们证件、护照是否涂改,我的内心开始理解这些生灵,甚至对他们产生了兄弟般的情感。

"你,一个小偷,投机商,为皇家卫队提供劣质的皮靴、变质的罐头,你不是坏人,你不过是爱钱罢了,你还向我低头,满怀热情,满怀希望:'特派员同志,我有美元……特派员同志,饶恕我吧。我从来不做伤害别人的事情。我还有孙子。怜悯我吧!……'当明天，两个男人在漆黑的车库里点燃你的脑袋，你还会知道自己为什么死吗？"

我记得，白军的强盗，一路上吊死了上千的农夫，烧毁了成片的村庄，沿途只剩下房屋里炉子的残骸……临死前，他转向我，眼神惊愕，眼睛充血："为什么，特派员同志，为什么你要折磨我？我没有做过坏事……"这真是……可笑……库里洛夫也是一样……

"为了多数人的幸福而摧毁不公正的事物。"为什么？究竟谁才是公正的？对我，这些人对我又做了什么？猎手是无法下手杀死自己一手照顾喂养的动物的……然而，既然我们活在这世上，就必须参与这个游戏。我杀死了库里洛夫。一瞬间，我将自己熟识的人送向了死亡，如同我的兄弟，如同我的灵魂……

今晚，我一下变得狂躁无比。同样是闷热的暴风雨之夜。我丢下作废的老文件，走向花园。我在花园的小径上慢慢踱着。小径只有十步的长度，另一头连着墙根，越过墙，便是公路……我感到无比饥渴。血液涌上我的喉管，脖子像被手紧紧掐住。

清晨，大雨终于落下，我也终于可以躺在床上，睡了过去。我咳嗽，有点窒息。屋里没有一丁点响动。我爱死了这种不可救药的孤寂。

于是，就这样：三十年前，一个夏日的夜晚，我在库里洛夫家的窗台下漫步，一面观察这群耀眼的可笑的人，他们曾经的辉煌早已无存。

时间过去了。沙皇准备离开。他的马车驶了过来。树荫之下，附近所有的警察形成了一个无形的大圈。我竖起耳朵：隐约听见他们的呼吸，感觉他们的脚步擦过青草。教育大臣没有戴帽子，他手举一支点燃的金色火把，陪在沙皇身边。这是传统。其实，此时的夜晚光线十分充足。恭恭敬敬的人群窸窸窣窣地跟在他们身后。

沙皇一张口，绝对的寂静蔓延开来。我模糊地听见他迟疑的轻咳和他的声音：

"我要感谢您。晚会非常成功。"他登上马车，坐在皇后身边。皇后坐得笔直，机械地点点头，神情忧伤而高傲。她的头上插一根白色羽毛，戴着昂贵的宝石项链。他们离开了。

库里洛夫开始容光焕发。贪婪的人群围住他，恭维他，仿佛皇室的贵气沾在了他身上。他指向花园：

"夫人们，您乐意迷失在花园中的林荫小径里吗？"他张扬的声调就如回到了辉煌的从前。

他转向达利，抓住他的手臂。达利说：

"我要祝贺您了：陛下对您相当亲切啊。"

库里洛夫走在人群之中。藏在花丛后面的乐队又开始奏乐。草地上空，星星点点，亮起暗红色的孟加拉焰火。这些来自彼得堡的人苍白的脸未见过阳光，只见过夏夜里的人造光线（他们白天都在睡觉）。达利和库里洛夫铁青色的脸上，血红色的火光游来荡去。其实仔细想来，其中不乏巧合。

达利抓起库里洛夫的手臂，亲热地握着。我猜想，"抹香鲸"离下台也不远了。然而他却说：

"我就知道，陛下这样近距离见过我的妻子之后就会知道，他们之前是被误导了。"

他骄傲地微笑。这个男人总是这样：自以为聪明。可是我知道，他并不聪明，每当事情进展顺利，他便开始犯糊涂。成功就像红酒的香气一般,让他冲昏了头脑。

  我回到卧室,打开窗户。我看到皇室的马车接连离去。我倾听马厩折叠棚的吱呀声,直到清晨。我看见,玛格丽特·伊杜阿勒多芙娜房间的灯亮了片刻,又熄了。

二十二

舞会后一周,沙皇召见了库里洛夫。沙皇尼古拉二世是位谈吐文雅的君主,言行举止不像他父亲粗暴野蛮。他慈眉善目、好言好语地让教育大臣选择,是失宠,还是离婚,并强烈劝他选择后者。但是,库里洛夫拒绝离开妻子,甚至表现出愤慨之情,就连沙皇也认为他的做法不够明智,就像他之后说的。库里洛夫被撤了职。

一天,我看见库里洛夫从彼得堡回来。他的面孔与往常一样面无表情,更加灰暗,更加沮丧。不过他显得十分镇静,将自己控制得很好。他带着讽刺顺从的微笑,令我讶异。

"现在,我可以随意休息了,我的勒格朗好先生。"他走过我身旁时说。

他的失宠暂时还是保密的,不过彼得堡的"领导阶层",也就是我们所说的皇室和高官,已经开始公开谈论此事。

起初,库里洛夫泰然处之,我很惊讶。随后,我才明白,他并没有立即意识到自己将跌入怎样的深渊。或许,他只当这是个过渡……抑或,他内心坚信自己的做法比较绅士,就像他喜欢说"行为要绅士[①]",他闭紧嘴唇,轻轻吹声口哨,我太熟悉不过了,他是在自我安慰……这也是他生命中第一次违背自己爱戴的君王却没有自责。

宫里的反对派高度赞扬他的姿态,他一时取得了这小部分人

---

① 原文为英语。

的人心，变得晕头转向。不过，当这些人发现事实真相，很快离开了他。他变得孤立无援，被人遗忘。夜晚，我从窗户向外张望，见他又开始踱来踱去，在他明亮的小卧室里，一刻不停。渐渐地，他越来越暴躁，越来越伤感，将自己锁在房间，孤零零地待着。

一天，我走进他的卧室。他坐在桌前，手里抓着一只青铜盒子，里面有一捆纸。他正在重读，读完又小心翼翼地折好，仿佛拿着的是古老的情书。这些是他接受国民教育大臣任命时收到的贺电，始终带在身边，来别墅后一直上了锁放在办公桌上。

看见我，他有些慌乱。我等着看他从麻烦事里脱身时庄重的动作、威严的扭头，一边问"什么事？您找我做什么？"，还有碧蓝的眼睛那冰冷阴沉的眼神。然而，他只是抿紧了他那伤感的嘴唇。

"空虚的虚荣，勒格朗先生，这个世上只有尘埃与虚无。在我这个年纪，人们恣意玩乐，"他尽量变回冷漠的语调，"高官显位，不过是老人手中的拨浪鼓⋯⋯"

他沉思片刻，又关上抽屉。最后，他点头示意我坐在他身边，跟我谈起他认识的俾斯麦[①]。

"我见过他。我曾经拜访过这位伟人，和我一样被打发走了，被一位薄情的主人⋯⋯他独自生活，和几条狗一起⋯⋯无聊得要死⋯⋯"

他停了停，叹息道：

---

① 奥托·冯·俾斯麦（1815—1898），劳恩堡公爵，普鲁士王国首相（1862—1890），德意志帝国第一任总理，人称铁血宰相。

"权力是一味可口的毒药……对其他人来说，"他加快了语速，"对其他人来说……我，我是名老哲人……"

他模仿死去的涅尔罗德亲王，挤出一个讽刺轻快的微笑。不过他苍白的大眼盯着我，表现出的却是极度的不安和忧愁。

七月终于过去了。我接到命令，处决库里洛夫的日子被定在了十月三日。届时，德意志皇帝将来俄国访问沙皇。玛利亚剧院有场演出；扔炸弹的时机选在散场之时，地点在剧院外面，以此避免伤及无辜，行动要尽早，要让外国统治者代表和人民亲眼看到。

我被法妮叫到彼得堡。她住在丰坦卡河乌黑的运河上一座谷仓似的屋子里，和一家工人同住一间。

我记得，这天暑气炎炎，脚手架上纷飞的石灰粉末被白色的阳光照得刺眼。房间里，只有我们两个。我对她说，我想见组织的一名负责人。她起初没有回答，细长闪光的眼睛直勾勾地盯着我，然后问：

"你要见谁？"

我一个人也不认识。但是我坚持要见。

"你受令不准见任何人。"

我怒了，再次坚持。最后，我们分开了，什么也没有决定。

几天过去了。一天晚上，她叫我去她家。我穿过摇摇欲坠的木制走廊，一面是镂空的栏杆。我走向她的房门。这时，一个男子开了门，走上前来，握住了我的手。墙上只有一盏小灯，灯光昏暗，我只能分辨出他戴的宽边帽子。他声音古怪，生硬、讽刺。我开始屏住呼吸，重拾公共大会时的习惯。

"我们不能进去。"他说。

他疲倦不堪,懒懒地用肩膀指指房间:

"里面有个女人在睡觉,不知道是病了还是醉了。我是……"

(他说了自己的名字。是个著名的恐怖主义者,一九一八年作为苏维埃政府的顽敌被处决了。)我们清楚地听见女人的呻吟,夹杂着嗝声。

"您有话对我说……"他继续说。

他甚至不压低嗓音。走廊上满是醉汉、乞丐和出门做生意的粉妆女孩,半裸身体的男孩像耗子一样窜来窜去。他们经过我们,打量一番,然后推开我们。男子肘部支在扶手上,望着黑色的楼梯。库里洛夫的性命就掌握在此人手上……

我说自己不能处决教育大臣。他没有抗议,只是疲惫地叹息,像库里洛夫一样,当秘书为了给一封信结尾,跑来问他有何补充时,库里洛夫有着相同的叹息。

"没关系,很好,我们会再找别人……"

某间破屋里,一个醉鬼唱起歌来。男子不耐烦地敲打墙板,向我示意:

"好了?……我们下楼?"

我再次阻止了他然后……啊!我记不起自己说了什么,但是,我似乎像在为要死的兄弟辩护。

"为什么?这有什么好处?他不过是个可怜的蠢货。您干掉他,接替他的人可能更糟,继续下去,永远不会了结。"

"我知道,我知道,"他厌烦了,"我重申一下。您知道,我们要扼杀的不是一个人,而是这个政体。"

我耸耸肩。我像往常一样开始局促不安,生怕自己高谈阔

论,这是我最反感的。我简单地说:

"您希望惩罚罪人,或是消灭对您来说是不幸、混乱、危险的根源吗?"

他更加认真了。他坐在摇摇欲坠的栏杆上,晃着身子,吹着轻快的口哨。

"这点,毫无疑问。"

"他被免了职。虽然官方还没宣布,但是很快他就会被人接替。"

他低声咒骂了一句。

"又来了!他们已经对这个蠢货下手了!什么时候正式撤职?"

我表示我一无所知。

"听着,"他飞快地说,"十月三日是定好的日子。想象一下,十月,所有的大学都会罢课,会发生骚乱。如果库里洛夫还握有职权,有多少学生会死在他手里。如果我们消灭他,他们至少可以恐吓他的继任者,我们会救下比他这个没人性的机器宝贵百倍的生命。"

"如果十月三日他已经让出职位了呢?……"我问。

他说:

"那就自认倒霉,您想怎样?就放过他……否则,您知道,您或是其他什么人……"

他不再说话。醉鬼又哀怨地唱了起来。法妮溜上走廊。

"现在就离开,条子上来了。"

我们一同下楼。男子走得很快。我猜,他想在我之前离开,避免让我看到他的面容。但是我跑在他面前,飞快地看了他一眼。他很年轻,筋疲力尽,眼神很是温柔。他也惊异地打量我。

我冷不丁地说：

"听我说：说到底，这是个脏活儿，您，偶尔，不会想把一切丢给魔鬼，解救自己吗？"

不知为何，自从我看过他一眼，我们的对话中便充满了戏剧性的紧张气氛。他紧锁眉头。

"不会，我从不怜悯，"他觉得与其说是回答了我的话，倒不如说是给我的想法一个答复，"这些人像疯狗一样不值得怜悯。"

我不情愿地笑笑，想起了朗恩堡的话。他高傲地继续说：

"您不了解情况，您是从安全的玻璃屋子里出来的。您应该问问您的父亲……"

我说：

"这跟怜悯毫无关系。我们缺乏的是某种幽默感……其实，我们的对手也是……您不这么认为？"

他仔细看着我：

"两者中必有一个，不是吗？就定在十月三日！……"

他又重复一遍。我告诉他，我很清楚了。他笑笑，点头示意。

"您会看到，当您感觉到手绢里的炸弹或是裤袋里的手枪，当您看到这些满面容光的人戴着勋章和俗气的饰品，您肩膀打个颤都会让您前功尽弃。我已经干掉两个了。"

他抬抬帽子，向我告别，然后消失不见了。我离开那里，在彼得堡的三条街上徘徊，绕着黑色的运河走，直到天明。

二十三

渐渐地，库里洛夫变了，变得阴郁、神经质。往年这个季节，他总和妻子一块儿去高加索或法国的别墅休养。不过今年，他一点也不想出门。我不知道他在等待什么。甚至连他自己也不知道。或许，沙皇会突然改变主意……可能地球会停止不转，只因为他，库里洛夫，不再是教育大臣了。

终于，在七月快要结束的时候，沙皇任命达利为国民教育大臣的谕旨下来了。库里洛夫毫无怨言地接受了，只是他一下子老了很多。我发现，他妻子的出现让他感到压抑。虽然他对她比以前更细心、更殷勤，但是，他妻子的存在无时无刻不让他想起自己为她而牺牲的事业，一段痛苦的回忆。孩子们，伊娜和伊万像往年一样，在奥廖尔省①某处的姊姊家过夏天。

似乎只有我的存在是"抹香鲸"可以容忍的。我想，是因为我的沉默让他容易冷静，而且我走起路来悄然无声。我迈步子总是尽量轻而静的……

宅子变得空旷起来，像只被遗弃的蜂箱。那是自然。没人会来拜访失宠的大臣，生怕自己受到牵连。只是我很惊讶，他竟然对此不能理解，而且很是受伤。早上他迫切地叫来佣人，叫声在整栋房子里回荡：

"把信拿来！……"

佣人拿来几封信。他饥渴地翻阅，然后叹着气扔下信。信零

---

① 奥廖尔，位于东欧平原中部，现成为奥廖尔州，首府是奥廖尔市。

零落落地掉在床上。他虽然面无表情，可是微颤的手指透露了一切。

"没有皇上的信？没有？"

话刚出口，他的脸一下红了，眼神却更加冰冷。光是这个问题就让他够受了，却又不能不问。我再次看见了他脸上慢慢显出的红潮，直冲额头，使苍白的大长脸有了血色。每次电话铃响，或是有车经过小路，他都会止不住地颤抖。

天气晴朗炎热。库里洛夫清早便来到花园，呼吸花朵和青草的芳香。宽阔的草坪上满是野草，像片牧场。每年这个时候，有人来整理草坪，可以听见镰刀割草的刷刷声和农民的声音随微风飘来。

"我们就这样待着，就这样，勒格朗先生！"

他不再说话，凝望着四周。蓝天下的水塘仍旧灰蒙蒙的。

"这样呼吸很舒服，不是吗？勒格朗先生，这里清新的空气还没被人类的污秽之物所玷污！"

他用手杖的尖头在树叶上扎了一个洞，然后把叶子举到亮处，他停下脚步，望着青草和灌木发呆。他常说，听鸟儿的啼鸣是件乐事。他听着听着，直到痛得扭曲了面孔。

"够了，我们回去！我受够了叽叽喳喳的叫声！太阳的光线让我眩晕。"他指着北边苍白的太阳在水中的倒影，补充道。

过去的这个时候，他一定在向沙皇呈递奏章……

"辛辛那塔斯[①]……解甲归田……"

谈起沙皇、皇后，谈起皇室和其他大臣，他瞬间流露出苦涩

[①] 辛辛那塔斯（公元前519—439？），公元前五世纪古罗马贵族、将军、独裁者，在击败敌人之后，又回到平静的田野生活。

的微笑。过去，我从未在他身上发现诙谐或是辛酸的一面，而在艰辛的逆境之中，他对世间万物的评判也变得相当残酷有趣。一次他问我：

"在瑞士，您认识革命者吗？"

我担心是个陷阱，于是回答：

"不认识。"

"狂热者、异端派，过去都是流氓！……"

不过事实上，他对此毫无兴趣。他关心的只有自己、他的君王和俄国，关心的是大公、大臣之间耍的阴谋诡计，尤其是让自己成为牺牲品的达利及其同党所设下的陷阱，被他称作"恶毒的"阴谋。这件事他思前想后，恼怒不已。他从不跟我谈这件事：我不应该知道得太多。我不过是个无名小医生，没有资格插手这世上大人物的命运和不幸。但是，他的一字一句都无意中泄露了他的故事。

我可怜的库里洛夫！这些日日夜夜，他从未对我如此亲切，我也从未如此理解他、蔑视他、怜悯他。明亮苍白的夜，太阳在水平线上游移。现在，夜晚渐渐暗了下去，因为到了八月，入了秋，这个季节处处都是凄凉萧瑟的景象……我建议他离开群岛湾。我向他说起瑞士，说起沃韦的别墅，一栋白色的房子，周围种满了红色葡萄，就像波德的家一样……我为他画下几张最美的田园风光。毫无用处。他不愿离开沙皇，只是沉浸在回忆和对权力的幻想中。

"大臣，这些墙头草？"他恼火地重复，"皇上？不，是一位圣人！上帝为我们选好了坐上宝座的圣人！万物各司其职！至于皇后！……"

他停了停，抿着的嘴轻蔑地一撇，深深叹了口气：

"我所缺乏的，只是活力……"

他还缺乏其他东西：控制他人命运的幻想。人，总是对此不厌其烦，直到生命终结……正是如此……现在我明白了。

一次他对我说：

"您是惟一还忠实于我这个失权老人的人了。"

我搪塞了几句。他叹着气，用诡异的目光饶有兴趣地看着我：

"总之，"他说，"您很神秘。"

"为什么？"我问。

我兴趣盎然地问他……他慢慢重复道：

"为什么？我不知道。"

此刻我清楚地感到，他的脑中闪过一丝疑虑。这些人怪异、迟钝到了难以置信的地步：他们把大批无辜的人和可怜的白痴关入监牢、流放他乡，而真正威胁政体的敌人却从他们撒下的大网的洞眼里毫发无损地溜了出来。是的，这次是第一次，库里洛夫产生了怀疑。或许苦恼反而使他清晰了许多。不过，或许他认为自己已经无所畏惧，或是抱有与我对他相同的感情……理解、好奇、模糊的兄弟之情、怜悯、蔑视，我知道什么呢？……可能他并没有想到这些？他轻轻耸肩，沉默了。

我们回到屋里，和玛格丽特·伊杜阿勒多芙娜一起用午餐。三个人孤孤单单，坐在二十人座的大桌前。每次用餐，他都无名火起，几近疯狂。一天，他抓起一只装饰餐桌用的塞夫勒花瓶，朝管家的脸上扔去，我已不记得原因。这只浅粉色的大口花瓶里，插着最后一季摇摇欲坠的小玫瑰，黄色，即将枯萎，散发出沁人心脾的香气。管家静静地收拾碎片，库里洛夫变得羞愧难当，示意让他出去。他耸耸肩，看着我说：

"我们多么幼稚！……"

他久久地坐着，低垂双眼，纹丝不动。

午后，他打个盹，或者只是躺在沙发上看书，来打发时间。佣人成堆成捧地搬来法语小说，他细心地剪着，因为这样比较花时间。他用小刀慢慢地将书页裁下，压平，轻轻用刀刃敲打，紧闭嘴唇，一副心不在焉的模样。好几次，我见到他抓着面前摊开的书，痛苦的大眼睛呆呆地望着前方。

他看一眼最后一页，叹口气，丢开书。

"无聊，"他重复道，"多无聊啊！"

他又开始在挂满圣像和挂毯的卧室里踱来踱去。他的妻子进来了。他的脸上顿时有了神采。可是，他立刻背过身去，重新毫无目的地从一个房间晃到另一个房间。

他下令打发走了几个拜访他的人。我记得，他读了《圣人的生活》，还声称从中得到了宽慰。但是，他不过是具血肉之躯，与这个世界的资本不能分离。因此，他叹着气丢开了圣书。

"上帝会原谅我的……我们都是不幸的罪人……"

他被委以欧洲一体化工作。但是现在的这些烦恼让他对工作心不在焉，他还是把自己放在第一位。

他只喜欢做一件事，而且乐此不疲。他示意让我坐在面前：佣人拿来茶水和油灯。已近秋天的一天傍晚，暮色已深，黑暗即将降临，潮湿的雾气笼罩着群岛。"抹香鲸"给我讲起他的陈年旧事。他一直说自己的经历，说到他为君主制效力，说到他对政治家的角色和伟大之处的看法。不过，当他一反常态，谈起他熟知的人的时候，我惊讶不已。他语气粗鲁幽默，向我描述起他们的小把戏，用贪污、偷窃、背叛的手段，获取宫中与城里流通的货币，这些奇特的手法把我逗乐了。

我觉得，如果之后，革命的英雄时期过去，我若想给当权的领导人提出好的建议，帮助他们公正合理地处理国家事务，就必须全盘考虑，考虑整个欧洲和人们刚刚激起的热情，在这点上，我必须感谢库里洛夫。他教授给我的比他想象的要多得多，抑或，他根本就没有想到，我的老敌人……

我甚至常常不听他说话，只是欣赏着他怨恨痛苦的语调，看他苍白高傲的脸孔，已经接近死亡，被野心和欲望所吞噬。隔在我们中间的，是张桃花心木小桌，上面放着两盏古式的油灯，灯罩绘上了颜色。火焰在夜晚平静地燃烧。可以听见，警察依然在房子周围，和我一样，没有离开，虽然这里已经没有需要守卫的大臣。警察在窗户下巡夜，相遇时低声唏嘘。

"人类啊人类，"库里洛夫重复道，"大臣、亲王，都是那么无能！真正的权力不在疯子手里，就在孩子手里，他们甚至不知道，手里握的究竟是什么！剩下的凡人在追寻的，永远只是幻影！……"

我如实地重述了他的话。这个男人很不单纯。但是在这件事上，他的话是正确的。之后，又是沉寂的晚餐。晚餐过后，玛格丽特·伊杜阿勒多芙娜在钢琴前坐了下来。我们则在晚会的大厅里溜达：镶木地板反射出吊灯耀眼的光芒，没有光芒的，只有他孤独的脚步所到之处。他时而停下，恼火地感叹道：

"明天，我就离开这里！"

可是第二天，一切复始。

二十四

与此同时，首都不断发生暴乱，在某些省份，暴乱从学校蔓延至工厂，再次爆发了血腥的殴斗。无论是对大学还是对中学，达利都毫无对策。

一天夜里，库里洛夫显得比往常兴奋。向我道晚安的时候，他说：

"明天不要去彼得堡：皇家中学的学生决定向住在冬宫的皇上递交请愿书，为布季罗夫工厂的罢工工人请愿。"

"结果会怎样？"我问。

"没有人知道，现任教育大臣，达利大人，"他用讽刺的口吻强调，就像每次谈起他的继任者一样，"达利大人比别人更不清楚。结果很简单。措手不及的冬宫近卫军指挥官会叫来军队。通常这种情况下，指挥权会自动落在上校手里。而且军队少不了被辱骂一番。所以，士兵们一定会开火。这就是将会发生的事。"他冷笑着说，"您明白了吧，像达利男爵这样的大臣会带来什么，对学生应该负起责任，可是他，对学生的关心还不如对他的狗！"

我什么也没说。

"他会付出沉重的代价。"库里洛夫幻想着小声说。

我问起原因，他又笑了，用他的大手拍拍我的肩膀，相当有力。

"您有兴趣？这些事情？您不明白？您真的不明白？"他重复道（看上去，他相当乐在其中），"您认为皇上愿意见到自己的窗下堆满尸首？这种事不发生在眼皮底下，倒还能忍受……"他突然皱起眉头，可能回想起过去的烦恼，"但是发生在自己面前，在自己的屋里，那就大不一样了。您听过沙皇亚历山大一世①的经典名言吗？'亲王们喜欢犯罪，但是很少有人真正行动。'经典吧？更不要提报纸了，即使在我们手下被迫缄默，但是，感谢上帝，报纸还是有一定慑力的。"

他走到妻子身旁，挽起她的手腕：

"我们走吧，亲爱的，我很高兴，我终于不用再为这些麻烦冒险了。"他用法语说，竭力使声音显得轻松、漠然，"我的信念是我重拾自信的源泉！必须承认，我愚蠢到一度让自己消沉。从下周开始，我们就出发去沃韦，亲爱的。好好打理我们的花园……您还记得湖面上的海鸥吗？除非……"

他陷入了沉思。

"这些可怜的年轻人！"突然他用忧伤的口吻说，"在上帝面前，'他们'要为所有这些无辜的灵魂负责。"

他沉默良久，然后叹息着握住玛格丽特·伊杜阿勒多芙娜的手：

"上楼吧，亲爱的……"

就在这个时候，楼下的门铃响了。他打了个寒战。时间已近午夜。一名佣人走来，说有几个不愿透露姓名的人迫切地想要见他。他妻子哀求他不要接待这些人。

"他们都是无政府主义者，革命者。"她情绪激动地重复。

---

① 亚历山大一世（1777—1825），巴维尔一世（1754—1801）之子，由祖母叶卡捷琳娜二世（1729—1796）抚养长大。

"带我一起去吧。"我对库里洛夫说,"两个人一起去,让佣人在附近待命,您不会有危险的。"

他接受了,或许是为了让妻子安心。我知道,他向来镇静,生性大胆。而且,他感到不寻常的事情将要发生,强烈的好奇心驱使着他。无论如何,他答应了会见。佣人把访客领进楼下的空办公室。来访者为这么晚到来又没有提交接见申请表示歉意。他们是皇家中学的教师代表。他们面无血色,浑身打着颤。一行人挤在门口,似乎不敢靠近,"抹香鲸"的一个呆滞的眼神也能让他们僵在那里。而库里洛夫站起身来,挺起胸膛,懒洋洋地坐在桌上,打了个习惯性的手势。他的大手苍白而有力,硕大的石榴红宝石在手上投下橙色的影子。宝石吸收了光线,散发出血一般的光辉。

教师们年纪都很大,颤颤巍巍。他们说自己是来制止巨大的不幸发生的。国民教育大臣拒绝接见他们。库里洛夫的嘴角掠过一丝轻蔑的微笑……他们来这里,请求原教育大臣,达利的恩人、老同事、朋友,请求他帮助他们在达利面前说句话。(他们不知道,正是达利夺走了库里洛夫的职位。对于国民,官方发布的理由是,库里洛夫因为身体原因必须引退。神的秘密被小心翼翼地隐瞒着:宫里的人清楚地知道这件事的每一个细节,可惜这些中学教师不在宫里。)正如库里洛夫对我说的,年轻学生的代表决定向沙皇递交请愿书,请求沙皇赦免被流放的罢工工人。这些教师害怕孩子们会被当成闹事者枪杀。(可是十年之后,G 率领的工人队伍依旧在冬宫门口遇难了。)

听着听着,库里洛夫的脸愈加苍白,他闭口不语。这个男人的沉默有着非凡的力量。他一动不动,仿佛一座冰雕。

"先生们，我能做些什么？"他终于开了口。

"告诉达利男爵这件事。他会听您的。实在不行，只求他能接见我们。您可以避免血流成河的场面，阻止悲剧的发生。"

他们不知道，此时的库里洛夫心里只有一个念头：抓住天赐的大好机会，把他的继任者扔进深渊，永远不得翻身。这样，他就可以首先以牙还牙，报复达利，随后，找个恰当的时机，摇身一变，成为君主制度的救世主和保卫者。我觉得，自己正读出他真实的想法。不知道为什么，我想象着，他应该在用拉丁语思考，就像他常常喜欢说拉丁语一样，机械之神①……

"我做不到，先生们，你们根本不该向我提出这个请求。我已经远离公务，不像你们想象的那样，是出于健康原因，而是出于皇上的意愿。你们自己去见达利男爵吧。坚决一点。"

"可是他不见我们！"

"那么，先生们，你们还想如何？……我无能为力。"

他们苦苦哀求。其中一位面色铁青的老人身穿黑色礼服，他突然弯下身子，（现在，这一幕就像发生在我眼前一样）握住库里洛夫的手，亲吻着。

"我的儿子是带头人之一，大人，救救我的儿子吧！"

"那就不能任他为所欲为。"库里洛夫说，金属似的嗓音寒冷如冰，"请您回去，把儿子关在家里。"

老人做了一个绝望的动作：

"您拒绝？"

---

① 原文为拉丁语。这个词 deux ex machina 源于古希腊戏剧，machina 其实是希腊戏剧中需要道具或将演员从舞台上降临下来的器械，就是指用这种机械装置从舞台上方送下来"神"，这个"神"的作用是化解戏剧的矛盾，使结局皆大欢喜。

"先生们，我不能插手此事，我再说一遍，这事与我并不相干。"

他们小声商量一番，然后异口同声地哀求这个丝毫不动摇的男人。其中一人用颤抖的声音说：

"血债会让您来偿还的。"

"反正已经不是第一次了。"库里洛夫无力地笑着，"这不是我第一次背黑锅了。"

他们离开了。

第二天，三十个年轻人还没越过冬宫的栅栏就被军队逮捕了。当军队想驱散人群时，有人抓住了一匹马的辔头。马上的哥萨克骑兵感到坐骑直立起来，以为受到了攻击，于是开了枪。年轻人捡起石头还击，民众也站在学生一边，猛烈地攻击军队，冰雹似的石块不断砸在青铜栏杆和栏杆上的皇家鹰徽上。上校下令开火。竟然就在沙皇的窗户下面，十五个人被打死了，有学生，有过路人（来哀求库里洛夫的那位老绅士的儿子死得最早）。十五个不幸的人以他们的死制造的丑闻，把库里洛夫救出了困境。没过多久，达利便把国民教育大臣的位子还给了他。

二十五

当然,事情的发展没有那么快,就连我也一直被蒙在鼓里。

之后的那个星期,库里洛夫和一家人出发去了高加索,我也跟着去了。

他们的别墅建在离基斯洛沃茨克①不远的城门之上。从屋子周围的木制阳台上向外望去,可以看见最近的山梁。这里的风景美不胜收,不过干枯的土地光秃秃的,只有星星点点,几棵阴沉的柏树,剩下的除了急流便是石砾。花园里,野生的玫瑰开得正旺,压弯了枝条,花枝上尖刺根根竖起。夜里,花香满园,就和我这里一样,窗棂下,玫瑰成簇地生长。

对我来说,山风太猛,弄得我咳个不停。

一天,达利来了。他看上去相当镇定。他告诉我们,他是来基斯洛沃茨克温泉疗养的。刚一到此,就立刻来看望"他亲爱的朋友"。餐桌上,他在我们所有人面前坦诚,八月的那次事件是他犯下的最大的错误。

"又一次,'他们'找了一名替罪羊,"他微笑着说,"而且,这次,是您的人。"

("他们"、"您知道的那个谁"、"掌权的人"这些词,指的是皇室和大公。我的库里洛夫也经常使用这些词。)

"真是不幸的事件。"达利耸耸肩膀补充道。他冷漠的表情多半是装出来的。因为我知道,他也喜欢派人在天黑之后处理尸

---

① 基斯洛沃茨克,位于北高加索的山城。

体。我发现，类似事件发生后，无关的他们都相当冷静，但是亲眼看见、亲手触碰惨遭杀害的孩子，又要另当别论。"如果我早点知道他们在密谋什么……有人说，全城的人都知道，而我竟然是最后一个知道的。总是这样。结果呢！……皇上请我自己放弃职位。仁慈的陛下承诺在参议院给我一个位子，同时他询问我这个不称职的大臣的意见，让我推荐可能的下任教育大臣的人选。另外，皇上洪恩大发，任命我的儿子为哥本哈根使馆秘书。现在的哥本哈根虽然不如我们那时那么重要，瓦列里安·亚历山德罗维奇，但是皇上和皇后经常去那儿，所以这个职位还是相当抢手的：只要是太阳照到的地方就是好地方，如果您允许我使用这个比喻。"

他不再说话，对话的内容也转变了。

午餐之后，两位前教育大臣回到库里洛夫的办公室，待了很久。在弗莱里希的提醒下，我发现了伊丽娜·瓦列里亚诺芙娜不安的面孔。

"我觉得，"他悄悄对我说，"老狐狸是来谈伊娜小姐和他儿子的婚事的。"

晚上，达利用餐时显得格外兴奋。离席之前，他亲吻了几次年轻女孩的手背。这不寻常的举动清楚地泄露了他的意图。当他离开时，库里洛夫让人去叫伊丽娜·瓦列里亚诺芙娜，但是她已经回房了。直到第二天早晨，库里洛夫才和女儿谈上话。我也在场。因为他们以为我不懂俄语。

整个晚上，他都痛苦地呻吟，早晨，她进房向他问早安时，他才忍住疼痛。

"伊娜，"他郑重其事地说，"我很荣幸，达利男爵为了他的儿子向你提出了婚约。去年就提过这个问题的……"

她打断了他。

"我知道,"她低声说,"但是我不爱他……"

"这关系到很多大事,我的孩子。"库里洛夫用最为庄重的口吻说。

"我知道,达利想要的,只是为他的儿子拿到我的嫁妆,而您……"

他的脸唰地红了,恼火地用拳头敲打桌子。

"这与你无关。你会结婚,富有,自由,你还想要什么?"

"是吧,"她像是没有听到库里洛夫的话,"就是这样?您想与男爵联姻?也许他向您承诺,只要我同意,他就把可怜的教育大臣的位子还给您?就是这样,不是吗?"

"是的,"库里洛夫说,"你很聪明,你什么都明白。但是你知道吗?我为什么想要这个职位?"他继续说,"这个职位就像压在我身上的十字架,把我推向坟墓,我发誓,这是真的。虽然我身患重病,我的孩子,但是我必须实现我的价值,在我的能力范围之内,为皇上、国家以及被失败的革命者引入歧途的不幸孩子们效力,直到最后一口气。我必须监视这些孩子,惩罚他们,如果必要,我会像个父亲一样对待他们,而不是像达利那样,把他们看作敌人。因为他的玩忽职守,让孩子们白白送了命。不过,作为联姻的回报,达利的确答应帮我。皇上很看重他,只是这次的不幸事件后,民众的意志迫使皇上疏远他。当然,达利的所作所为不大光彩,"他厌恶地继续道,"不过,上帝会审判他的……至于我,我要保持清晰冷静。另外,达利的家史相当辉煌,过去我们两家就常有来往……他想通过婚姻来增加他的资产，这也是自然的……最后，我可怜的孩子，爱情……"

他停了下来。不自觉地，他像往常一样说起法语，尤其是说到高雅或者敏感的问题……他皱起眉头，转向我：

"请让我们单独待着，亲爱的勒格朗先生，很抱歉。"

我走了出去。

当天晚上，库里洛夫搀着女儿的手臂，在一条僻静的小路上坐下。当他们回来时，库里洛夫显得很是高兴，重新变回了表情庄重的面孔，他的女儿却脸色苍白，微笑既讽刺又感伤。

夜里，我走上阳台，伊丽娜·瓦列里亚诺芙娜一动不动地坐在阳台上，头埋在两手之中。明亮的月光下，我清楚地看见年轻女孩身着白色晨衣，光着的两只胳膊支在栏杆上。她在哭。我明白，库里洛夫得到了她的同意，很多事情都改变了，不可避免地改变了。

没过多久，他们正式订了婚。终于，一天清晨，库里洛夫颤抖着双手，拆开了桌上的包裹，就如我所见到的，里面是一张皇后和皇后的两个孩子的合照，这是讲和的最高表示了。库里洛夫马上把照片挂了起来，挂在办公桌上面，圣像下面，外面镶上了金框。

近来，他的身体有所好转，可以重新任职。只需等待沙皇重新任命库里洛夫为教育大臣的电报了。我们等待着，每个人，都各怀心事。九月中旬，电报到了。库里洛夫把全家集中起来，宣读了电报。他在胸口画了个大大的十字，热泪盈眶地说：

"权力的重担再一次落在了我柔弱的肩膀上，不过上帝会帮助我负起重担。"

二十六

在我心中，一种奇特的感情油然而生：命运像一场注定的、令人心酸的闹剧，将我们玩弄于股掌之中，我既惊讶又欣赏。

回城的日子越来越近；每天库里洛夫的心情都更加愉悦，身体也越来越好。天气晴朗，阳光普照。我终于习惯了这里的山风。有时，我感觉麻木而平静，有时我又厌倦了世上的一切，恨不得一头撞向岩石……那里漂亮的红岩，我记得，和这里一样……

一天晚上，我打定了主意。我声称，我被紧急调派回瑞士，定在第二天出发，并要求与大臣最后谈谈。

晚餐后的这一时刻（大约八点钟，太阳已经落山），库里洛夫习惯在饮茶之前出去走走。他沿着平台前面的小路，走上一条小径，两边山石遍布。我陪着他。

我还记得脚下石块滚动的声响，石头像蛋一样，圆而光滑，被落日映上了红色。相较之下，天空泛着紫色。在这幽暗的光辉之下，库里洛夫的表情显得十分诡异。

高处水流湍急，急流哗啦啦地冲击石块，发出狂暴的声响，却被撞得粉身碎骨。我们越过急流，爬到更高处。在那里，我告诉他我要走了，我在深思熟虑之后觉得，作为医生，我必须明确告知他，他的病可能远比他想象的要严重得多。我认为，如果他放弃所有对身体无益的活动，可以康复得更好，活得更久。

他听着我的话，表情并无变化。当我说完，他看了我一眼，至今我还记得这个深邃冷静的眼神：

"但是，我亲爱的勒格朗先生，我很清楚。我的父亲死于肝癌，您认为我也……"

他停下来，叹息道（不知不觉中，他单纯真诚的声音变得庄重而响亮）：

"虔诚的基督教徒是不惧怕死亡的，只要他完成了在人间的职责。我决定在平静地沉睡之前，充实地过完最后几年。"

我问他，如果我没有理解错，他即使知道这一切，也不会放弃他的职责。我又说，我一直怀有疑问，尽管愚蠢的朗恩堡否认他得的是癌症，但是他一直清楚自己得的是什么病，只是，他真的明白肝癌是会急速恶化的疾病吗？只消一个月，最多一年……

"也许吧，"他耸耸肩，"如果上帝愿意，我便会康复。"

"我认为，"我说，"当一个人面对死亡，最好放弃所有害人的活动，这样可以保持心境平和。"

他颤抖着：

"害人！天啊！这是我惟一的慰藉！我保持着帝国的神圣传统！我可以像弥留之际的奥古斯都①一样说：请鼓掌吧，朋友们，我一辈子都在好好做事②！"

就这个主题，他可以长篇大论地谈下去。他从不放过一个可以高谈阔论的机会……我打断了他。我尽量用最简单、最讽刺的口气说：

"瓦列里安·亚历山德罗维奇，这一切不可怕吗？您很清楚，您的行为害死了多少无辜生灵，而且还会继续下去。我不是政治

---

① 奥古斯都（公元前63—14年），古罗马皇帝。
② 原文为拉丁语。

家。我只想知道，您不会因此睡不着觉吗？"

他一直缄口不言。太阳已经下去，我看不到他的脸。然而，我凑近他细细观察，辨认出他的头垂在肩膀上。这样看去，他像个漆黑的石块。

"所有活动，所有斗争，都伴随着死亡。只要我们还在这片土地上，就必须行动，必须破坏。可是，当我们顺从天意……"

他停下，突然换了一种口气，语调忧伤而痛苦（我很喜欢他之前流露出的那份真挚和坦诚，我猜想，他是突然意识到了，因此焦躁不已）：

"幸福的生活来之不易啊……"

他直起身子，扭头说：

"我们下山吧？"

我们静静地沿原路返回。此时，黑夜已经完全降临，必须小心石块和勾衣服的矮小荆棘。走到房子前面，他握住了我的手：

"再会吧，勒格朗先生，一路顺风。希望我们还能再次相见。"

我说，什么事都是有可能的，然后，我们分开了。

然而凌晨时分，我被花园里的脚步声和窃窃低语的声音吵醒了。我走到木条制成的窗户前面，伸出头去，看见我的库里洛夫和一个便衣在一起。便衣虽然乔装了一番，还是能明显地辨认出他是个警察。我想起，我见过他多次，他常常陪同教育大臣向沙皇呈递奏章。我明白了，库里洛夫是在找人跟踪我。根据经验，他在这方面总是不太灵光。但是这次不同。这是惟一一次，我们交往中的惟一一刻，我瞬间对他产生了真正的憎恨。看着这个男人，自信满满，有权有势，平静地站在花园里，一声令下就可以把我像畜生一样抓住，把我关起来，把我绞死。我明白了，有时他可以冷静地杀人。此时此刻，我真该让他吃颗子弹，正中眉心，才够解气。

这时，我必须逃走；我正是这么做的。我坐上了去彼得堡的车，公然被警察跟踪。夜里，我来到山区的一座小车站。在那里，我越过了波斯边境。我在波斯逗留几日，用自己的瑞士护照换了几份身份证件，是德黑兰的革命集团代表交给我的，证件上的名字是一个德黑兰的地毯商。然后，在九月的最后几天，我回到了俄国。

二十七

我一到达彼得堡，就径直去了法妮家。她把我安顿在她的房间里，然后离开了。我的体力已经到达极限，一倒在床上立刻沉沉地睡了过去。

我记得，我罕见地做了梦。我的梦美妙而天真，似乎回到了不大真实的童年，因为我见到自己年轻、帅气、健康，而且见到了我从未经历过的场景，在鲜花盛开的草地上沐浴着阳光；最为诡异的是，围着我的孩子竟然是库里洛夫、涅尔罗德亲王、达利、施旺，还有沃韦的陌生人。梦在最后变成了噩梦，怪诞无比，当他们像之前那样玩耍、奔跑时，他们的脸突然变了，变得苍老、疲惫……我痛苦不堪。

醒来时，我看见法妮走进房间，后面跟着我认识的那名"同志"。不过，这回他没有初次见面时的镇定，显得焦躁不安。他告诉我，警察已经有所察觉，仍然有人在搜寻我的踪迹，我必须万事小心。我并不打断他，但是我的怒火难以平息，我真想在和库里洛夫一起上路时也带上他。

他看我的眼神很诡异。而且我确信，之后几日，直到行动当天，他都派人盯着我。他手下的人比库里洛夫的密探机灵多了，只要我把脚迈出房门，就能感觉他们贴上了我的背。

十月到了，夜晚开始得更早，溜上街角也变得相对容易。大雪还没有降下，但是刮起了冰冷沉闷的风，俄国秋天特有的风；从早上起，房屋里的灯光就没有熄灭过。低空飘浮着水雾和小雪片。地面结了冰，踩上去嘎吱嘎吱的。凄凉的天气……我待在法妮遗弃给我的房间里，睡在床上消磨时间。我不断咳血，嘴里、身上，满是血腥。

我见不到法妮了；我们说好，行动前夜，她会来这里，给我下达最后指令。她负责准备炸弹，并把炸弹带给我。那名"同志"我倒是又见过一次，他给了我行动的确切时间，十一点三刻。虽然进入剧院必须要有邀请函，但是要搞到邀请函其实不成问题。但是，我坚持要在柱廊下等待。

"如果您没有被识破身份，"他嘲讽地对我说，"这很容易啊！靠库里洛夫，您可以在剧院里搞到一个座位，幕间休息的时候，您走进包厢，一枪就可以干掉他！这几个月的盯梢也就结束了！现在您却要用您肮脏的炸弹，冒着害死二十个无辜者的风险，只为杀一个库里洛夫。"

"我不在乎。"我对他说。

再没有比他们的不彻底更为可笑的事了。他竟然对我说："什么！如果库里洛夫和他的妻子、儿女坐在一辆车里，您也会投出炸弹？"我说是的，我觉得我能下得了手。有没有他的妻儿又有什么不同呢？但是，我看出他并不相信。最后他说：

"不过，同志，不会有这种事。他身边只会有侍从。"

他的侍从，自然不用顾虑……

"那好，再见！"他说。

他走了。

第二天晚上，法妮陪着我。我们怀抱用纱巾扎着、裹了一层包装纸的炸弹，互不说话。我们来到公园的一个小广场坐下，就在玛利亚剧院的对面。剧场里灯火辉煌。长长的一溜马车和警察列队等在街上。

小广场上僻静无人。天空阴暗低沉；几片轻飘飘的雪花在空中飞舞，落在地上化为水滴，落在身上变成冰冷的小细针，扎得皮肤生疼。

法妮用手指指等待的马车。

"皇室的车、外交使团的车、德意志皇帝的随行人员的车、大臣的。"她压低声音，却抑制不住激动。

漫漫长夜，忧郁而可怖。大约十点，风变了，大雪终于落下。我们决定换换地方：我们俩被冻僵了。我们绕着小广场转了两圈。

突然，我们面前，一个人从黑暗中冒了出来，盯着我们。法妮紧紧地抱住我，我亲吻起她来。在确信我们俩只是恋人之后，警察消失了。我把法妮抱在臂弯里；她抬起双眼望着我，在她冷酷的眼睛里，我第一次见到了闪烁的泪光。

我松开她。我们又开始默默地走。我不停咳嗽，鲜血一次又一次涌上喉咙。我吐出血，还在咳嗽，血在我手上流淌。我真想睡在雪地之上，死在这里。

马车开始移动。剧场里响起了推开大门的声音，工作人员一声声吹响哨子。

我穿过马路。我的手里捧着一颗炸弹，像一朵花。真够滑稽。我不明白，为什么没人发现我、逮捕我。法妮跟在我后面。我们在积满白雪的柱廊旁停下，站在人群之中。

门开了。所有的人都走了出来。沙皇、皇室成员、威廉二世和他的随从早已离开。

我看见披着皮衣的女人们走过，身上积起团团白絮，首饰在她们轻薄的头纱下闪光；将军们的靴子喀嚓喀嚓地踩在结冻的地上。我还见到其他人，陌生的面孔，外交使团的老家伙，还有……库里洛夫。他向我转过脸来。他显得憔悴苍老，难道是路灯的光线让他显得面无血色？他神色疲惫沮丧，眼眶下面深色的眼袋高高肿起。我转向法妮，我说：

"我不能杀他。"

我感觉她从我手中夺下炸弹。她向前走了两步，将炸弹扔了出去。

我记起，来自地狱的爆炸、巨响和闪光过后，不同的面孔、不同的手、不同的眼睛混在一起，在我眼前旋转、消失。我们没有受伤，但是脸被撕破，衣服被烧出了大洞，满手都是血。我抓起法妮的手，一直狂奔，狂奔，像是被鞭策的马儿，在幽暗的街上奔跑。人们朝不同方向跑，撞到我们。有些人跟我们一样，衣服零零碎碎，手上血迹斑斑。一匹受伤的马儿痛苦地嘶鸣，听得我全身发寒。当我们停下时，我们站在某个广场的中心，周围人群哄乱。发现我们迷失了方向，我反而感到一身轻松。这时，我们被逮捕了。

不久，我和法妮被关在摆放尸首的房间隔壁。虽然有人看守，但是由于混乱和惊恐，他们竟然没有想到把我们俩分开。

法妮突然号啕大哭起来。我同情她。于是我说，我应该这么说，我承认炸弹是我投的：如果不是她从我手中夺走了炸弹，我最后也一定会投出去……说出来……其实很容易……终于，我说完了，肺里似乎一滴血也不剩。我相信这时候，只需合上眼睛、不再动弹，我便会死去。我一直带着痛苦和焦虑，等待着这一刻。

我靠近法妮，在她手里塞了一支烟，低声说：

"您没什么好怕的。"

她摇着头。

"不是这样的,不是这样的……死了!死了!他死了!……"

"谁死了?"我不解地问道。

"死了!死了!库里洛夫死了!是我杀了他!……"

然而,生存的本能依然强烈。当警察被她的尖叫吸引而来,她不停地重复:

"他死了!是我们杀了他!……"

于是,她被判流放,而我,被判绞刑。

不过,不要相信自己会死,正如不要相信自己能生一样。我还活着……只有魔鬼知道为什么……不久之后,她从监狱脱逃,参与了第二次恐怖袭击。正是她在一九〇七年或一九〇八年,杀死了P。这一次,她被捕之后,在小监牢里自缢身亡。我……后来的事我已经做过描述。生命真是愚蠢。幸运的是,至少对我而言,这场演出很快落下了帷幕。